AF399506

Författaren

Författaren John Cardesjö gillade utmaningen i att skriva en bok.

John kommer Ifrån Trollhättan och Vänersborg, han har Kandidatexamen i Industriell Ledning och Organisation ifrån Högskolan i Skövde samt studerat Entreprenörskap på Handelshögskolan i Göteborg och Idrottsvetenskap på Pedagogen.

John har varit aktiv inom idrott av olika slag och de mest prestigefyllda prestationerna består av Järnmannen triathlon i Kalmar 180 km cykel, 42 km löpning och 3800 m simning. En Svensk Klassiker och flera Göteborgsvarv med bästa tid 1,29. Löparmilen har gått under 37 minuten som bäst. Han har även prövat på kampsporter som Hanmoodo och MMA. Många år med Enduro som sport och tävlingar som C- kåsan, Ränneslättsloppet, 12 timmars på Kråk och körde gärna ifrån ettan till femmans växel på bakhjulet.

Sin värnplikt gjorde han som Jägare på Jägarba-taljonen i Karlsborg K3. Han har i många år varit verksam som installationselektriker ett av Sveriges största elinstallationsföretag. På det kulturella pla-net har körsång förekommit dels i mannskören Harmoni men även i Studentkören Högskolan Väst, bägge i Trollhättan.

Tips

Boken är en mix mellan sanning och fiction men platserna är verkliga och resan är gjord av ett kompisgäng.

Gilla gärna Facebooksidan Den Hemliga Resan, där kanske både karaktären Anders Johnsson och mer tips och idéer ifrån författaren kommer upp.

Köp författarens andra bok, en dokumentär och reseskildring om VM Kval matchen Tyskland Sverige 4-4. Även denna har en egen Facebooksida där man kan titta i tidslinjen, Gilla gärna. Sidan heter "Bragden i Berlin".

Försvarsmakten har inget med händelserna i boken att göra!

Varning för våldsamt innehåll, kanske även kärlek?!

Den hemliga resan

Den Hemliga Resan

John Cardesjö

Kapitel 1

Jag skulle ta ledigt sa de, på en fredag. Jag fick datumet flera månader i förväg och nu var det snart dags.

Datumet närmade sig med stormsteg.

Det var med spänning som jag undrade vad som skulle hända just den dagen. Jag fick nya direktiv, denna gång var det hemkomstdatumet vilket tydde på att det var en resa? Eller var det inte det? Det hade jag ju ingen aning om egentligen. Jag frågade lite diskret om jag skulle ta med pass och det kanske var lika bra att göra det, fick jag till svar. Om så var fallet så skulle vi ju utomlands. Kunde det vara oktobermarknad i Tyskland? Eller var det Finland och Finlandsbåten kanske? Norge hade jag inte en tanke på faktiskt. Någon flygplansresa kunde det ju ändå inte vara utan mer tåg eller bil? Jag kunde ju bara gissa. Det skulle lika gärna kunna vara Varberg eller tillställningar i Göteborg. Göteborg är ju staden där de flesta av mina vänner bor, i alla fall de som jag pratade med i denna fråga. Det väckte ju en annan tanke och undran - nämligen - var det fler med på aktiviteten? Vilka skulle det kunna var i så fall? Gänget kanske, vi som brukade umgås, men, nej, jag tror inte det blir så stort.

Telefonen pep till och jag fick ett sms. Jag öppnade det och läste, nya direktiv. Denna gång skulle jag infinna mig redan på torsdag kväll hos Carl Andersson i Göteborg, den gamla polaren. Ja det var ju väldigt bra! Skönt att komma till Göteborg, ibland ger det en känsla av frihet när man kommer till en större stad, särskilt när man själv lever i en liten stad som Vänersborg.

Jag hade tagit ledigt ifrån jobbet på torsdagen för att kunna fiska utanför Lysekil med fiskeklubben som hade ordnat aktiviteten och den brukade vara välarrangerad så att jag ville inte missa den. Fisketuren startade kl. 12 på dagen och vi skulle komma hem till Vänersborg ca 20 på kvällen. Detta innebar att den hemliga resan och fisketuren krockade med varandra vilket var tråkigt men jag skulle försöka få ihop det ändå.

Resan till Lysekil gick bra. Vi anlände till båten mitt i Lysekils hamn, den var säkert 12 m lång och hade ett stort däck i aktern medan hytten låg i fören. 12 personer samlades och snart hade alla intagit däcket på båten. Skepparen organiserade oss. Snart var motorn igång och vi backade sakta ut ur hamnen, vände båten och drog på gas. Hamnen lämnades bakom oss och hastigheten var hög.

På vägen ut fick vi se Lysekil med kyrkan som var stilig på högsta punkten i staden. Vi höll högsta fart när det plötslig small till "PANG" alla hoppade till, hukade och tog tag i relingen. Det kändes som en nödsituation! Vad var det som åstadkom denna höga smäll? Jag blev rädd, hjärtat slog några slag extra och jag stirrade för att kunna hitta något som var fel. Vi var mitt på havet och det skulle inte vara roligt att hamna i vattnet, simma var inte att tänka på. Det visade sig vara en boj med rep - till ett fångstredskap på botten - som fastnat i propellerdrivaxeln. Repet hade gått av på grund av knivar som monterats på axeln för sådana här situationer. Alla på båten blev säkert rädda, men det var ingen som visade det. De flesta höll sig i relingen och pratade på lite nervöst med varandra.

Resan gick vidare utan bekymmer och snart befann sig båten 10 km utanför Lysekils hamn och vågorna hade friskat på bra. För mig var vågorna ibland väldigt krävande, de var säkert 4-5 meter långa och 1-2 meter höga. Båten guppade kraftigt upp och ner vilket gjorde det påfrestande för benen, man fick hela tiden parera fram och tillbaka för att inte tappa balansen! Skepparen ropade att fisket kunde börja. Ut med spöt och ner med draget till botten och så var pimplandet igång. Båten gungade häftigt, jag drog i spöt för att få känslan av fisk. Jag var en av de första som fick napp. Det kändes tungt att dra och jag vevade så snabbt jag kunde upp mot ytan. Till slut kom den upp, en fisk i 2-kilosklassen, det var någon form av torskfisk. Därefter fick alla fullt med fjärsingar som var giftiga och som man inte fick ta i, de avlägsnades utan att tas ombord. Fisket fortsatte och min tur höll i sig. Jag drog upp ett tiotal fiskar i form av Makrill, Torsk och annan vitfisk.

Fisket höll på i sex timmar och benen tog slut av allt gungande, jag kände mig matt efter all frisk havsluft. De som fiskade visade inga tecken på trötthet utan vevade friskt på med fiskespöna. Alla hade den röda flytvästen på sig och de flesta var medelålders män som var glada och skrattade. Alla hade fått fisk och de flesta var nöjda med dagen. Någon var sammanbiten och ville fiska in i det sista.

Mörkret föll på, båten var tvungen att orientera sig efter GPS in mot hamnen igen. Sakta närmade sig Lysekil och efter fiskrensning lade båten till i hamnen.

Efter snabbt farväl startades bilen och färden mot Uddevalla började.

Efter att ha bytt bil var jag helt själv och styrde bilen snabbt mot Vänersborg igen, Jag ringde min far som gärna ville ha fisken och skulle möta upp i vid hemmet. Fisken togs emot av farsan och jag fick kasta mig in i duschen samt packa resten av resväskan för att genast starta färden mot den hemliga resan. Snabbt skickade jag ett sms till Carl Andersson att jag Anders Johnsson var på gång!

Färden tog fart igen och min Volvo V70 gick som smort nedåt 45an mot Göteborg. Valet innebar en hel del väghinder på grund av vägbyggen efter hela 45 an. Klockan var strax efter 21:40 och resan var på 85 km, men med alla vägbyggen skulle den säkert ta 1,5 timme.

Snart närmade jag mig Göteborg, vilket innebär en del skärpning, eftersom jag inte ville missa några avtagsfiler. Volvon svängde upp mot E20 och Stockholmsvägen österut ända till den första rondellen, där var det dags att svänga in mot östra Göteborg på Munkebäcksvägen. Efter att ha passerat två korsningar var jag inne på Delsjövägen och snart tornade tv huset upp på vänster sida och där svängde jag höger. Snart skulle jag vara hos min vän i hans bostadsområde. Detta var det enda mål som jag faktiskt visste om. Denna natt skulle jag i alla fall tillbringa där, vart resan skulle gå imorgon hade jag fortfarande ingen aning om och inte heller vilka som skulle med. Men eftersom Bertil Svensson hade gett mig en del av direktiv så gissade jag att det var han och Carl Andersson som skulle med på resan.

Med min Volvo V70 svängde jag vänster i rondellen in på Carl Anderssons bostadsområde.

- Tjena mannen. Sa jag när dörren öppnades.

- Hallå kompisen!

- Har du äntligen kommit! Jag började undra var du tagit vägen.

- Ja det tog sin tid, men jag fick fina fiskar med mig hem.

- Välkommen in, eller skall vi först ta och flytta bilarna till vår parkering så har vi gjort det!

- Javisst, det vore bra.

Efter att ha gjort en rockad med bilarna lyckades jag köra in på den mycket snäva parkeringen i parkeringshuset.

- Det är väldigt trångt, sa Carl.

- Ja verkligen!

- Vi går in i stugan det börjar bli sent, vi måste ju planera morgondagens resa.

- Ja just det.

Efter att ha hälsat på familjen intog jag gästrummet, packade snabbt upp det nödvändiga såsom necessär och tandborste samt ställde telefonen på ringning timmen efter tidiga arbetsjobbaruppgångstiden. Efter lite småprat var det dags att lägga sig och snabbt somnade jag in för natten.

Kapitel 2

"PIP PIP PIP PIP PIP PIP PIP PIP" telefon-larmet pep för fullt och snart var jag uppe.

Det knarrade när Carl kom ner för trappan. Han såg trött ut och gäspade medan han snabbt intog morgontoaletten. Han var aningen skäggig och hade ljust hår och var en skjortmänniska. Alltid fanns det en nystruken skjorta till hands med färger som lyste upp tillvaron.

Frukosten stod snart på bordet och vi åt för fulla muggar både fil ägg och the eller kaffe. Jag visste fortfarande ingenting men min nyfikenhet skulle få mig att ställa frågor.

Det var dags att gå, vi sade adjö, tog på oss ytter-erkläderna och gick sedan ut i kylan mot bussen.

- Carl! Hur många är det som skall med e-gentligen?

Carl skruvade sig och bytte samtalsämne vilket innebar att jag fortfarande inte visste någonting. Plötsligt ringde telefonen till Carl. Det diskuterades febrilt om olika geografiska positioner och plötsligt fick jag prata i luren. Det var till min förvåning Fredrik Larsson som var i luren och han var snart i Göteborg efter att ha tagit tåget ifrån Lidköping. Min förvåning var stor eftersom att han skrivit på Facebook att han skulle bort! "Hahaha" nu hade man blivit lurad och glädjen var stor och för-väntningarna ökade.

- Hallå där Anders!

- Hej! Gott att höra din stämma!

- Var är ni?

- Vid Tvhuset och vi sitter på bussen.

- OK, jag är på stationen nu. Var skall vi träffas?

- Jag vet inte.

- Om jag sätter mig utanför Burger King, hittar ni hit då?

Eftersom Burger King var en liten favorit så
visste jag direkt vart det låg.

-   Javisst vi kommer dit!
-   Bra! Då syns vi där.

Carl tog telefonen igen och jag kommenterade att detta var en glad överraskning att Mr Fredrik även skulle följa med.

Bussen svängde in på den gamla Mcgatan i Göteborg, vi steg av och tog väskorna över axeln och gick med snabba steg mot alla taxibilarna som stod uppradade på den stora parkeringsfickan vid stationen. Vi gick över planen mot järnvägsstationen. Snart kunde vi känna lukten ifrån hamburgare, vi tittade oss omkring. Jag tänkte gå vidare in på Burger King, men så fick vi se en välkänd figur, sittandes på stationsbänken under tågtidstavlorna.

-   Tjena grabbarna, sa Fredrik.
-   Tjenare, sa jag och Carl.

- Himla kul att se er!

- De va en överraskning detta, sa Anders.

- Hahaha!

- Ni lurade mig verkligen! Jag hade ingen aning om detta.

- Nej, och du vet fortfarande inte vart vi skall!

- Nej, jag har ingen aning men jag kan ju gissa på Varberg, Malmö, Tyskland på oktoberfestival eller kanske Danmark?

- Ja vi får se!

- När kommer Bertil? frågade jag.

- Han har fått förhinder så han kunde tyvärr inte komma.

- Va?

Tankarna blev grumliga, jag blev förvånad över att inte just Bertil skulle komma eftersom det var han som gett mig direktiven om vart jag skulle vara och när jag skulle ta ledigt.

Kapitel 3

Vi gick på tåget och stolarna var till min stora besvikelse tomma, ingen Bertil alltså. Ja det var verkligen en överraskande resa detta! En medlem hade tillkommit snabbt och en hade frånfallit lika plötsligt och fortfarande hade jag ingen aning om vart vi skulle. Detta var för mig väldigt spännande och det gav en kick att inte veta. Faktiskt var det så att jag inte ville veta, ju längre bort vi kom hemifrån desto mer spännande blev det. Jag visste ju att jag var i goda händer, vi hade rest ihop förut. Vi satte oss och tåget började rulla.

Efter ett tag började Carl att programmera mobiltelefonen och en sång kom igång!

- Lyssna på den här, sa Carl.

- Ja, sa jag.

- Vilken låt är det?

- Det är ju Lars Winnerbäck!

- Och mer då?

Jag funderande och kände mycket väl igen den!
Plötsligt kom konduktören! -Nya resande- sa han!
Fredrik tog genast fram biljetterna och dolde dem
en aning!

- Ja då blir det byte i Malmö mot Köpen-
  hamn!

Fredrik va tyst och konduktören frågade igen
om han hade förstått!?

- Ja, sa Fredrik, men vi har en hemlig resa
  här!

De andra passagerarna mittemot tittade nyfiket till
och en kvinna i 50-årsåldern frågade undrande.

- En hemlig resa?
- Ja fram tills nu så har jag inte haft en aning
  om vart jag var på väg! Sa jag.
- Jaha sa hon och tittade nyfiket.

-   Men nu vet jag ju att det blir, Köpenhamn
    och överallt som låten heter av Lars
    Winnerbäck, sa jag.

Grabbarna skrattade och avslöjandet av den
hemliga resans destination var gjord, spänningen
för mig släppte.

-   Äntligen Köpenhamn! Detta var ett superb-
    ra val gubbar! Det skall bli riktigt roligt att
    få komma till vårt rödvita grannland!
-   Kommer du ihåg när du var i Lidköping
    och nämnde att det skulle vara kul att åka
    till Köpenhamn, frågade Fredrik.
-   Nja, det var längesedan nu, men jag kom-
    mer ihåg det när du säger det.
-   Ja, jag hade väldigt svårt att vara tyst då, för
    resan var redan beställd.
-   Hahaha, jasså, det var redan klart då alltså.
-   Jajamän, snabba ryck här, serru!

Tåget tuffade vidare, klockan var strax före 12 på fredag. Bredvid oss satt det tre olika par, som alla kom ifrån Skaraborg vilket hördes på dialekten. De var på gott humör, vilket visade sig bero på att en box med rödvin cirkulerade mellan dem i tågkupén. Jag var inte sugen på alkohol. Det var för tidigt, man kan ju inte dricka på förmiddagen.

Jag gick och beställde en kaffe.

Jag satte mig i fikavagnen och tittade ut genom fönstret där landskapet susade fram. Kaffet var svart och starkt, bullen jag hade köpt var god. Mittemot satt det tre damer och småpratade för fullt och doften av kaffe, rödvin och vanilj spred sig. Landskapet rusade fram utanför.

Efter att ha njutit av atmosfären i Bistron i 45 minuter, tittat på folk och andats ut, så var det dags att gå tillbaks till killarna. Jag vandrade genom vagnarna och kom till tågdörrarna som öppnades. Efter tre vagnar kom jag till vår vagn där rödvinet och diskussioner utbyttes mellan en del passagerare. Damen som frågat om den hemliga resan hade sjunkit in bakom en bok. Carl läste tidning framför oss. Detta var en härlig resa och en skön semesterdag bortom arbete och slit som istället ledde oss ut på äventyrens väg.

Det jag kom att tänka på, när vi åkte ut på Öresundsbron och lämnade Bunkeflostrand i Malmö bakom oss, var tvserien Bron med Sofia Helin och Kim Bodnia. Serien startade ju så starkt med det makabra fyndet av ett lik. Liket var delat på mitten med överkroppen och underkroppen liggandes var för sig. Den ena delen var placerad i Danmark och den andra i Sverige med riksgränsen mellan Sverige och Danmark mitt emellan kroppsdelarna.

Det var dock en härlig känsla att rulla fram ovanför sundet och man såg Danmark närma sig i fjärran. Utsikten var utmärkt. Jag gissade att det var till centrala Köpenhamn som vi skulle. Tåget fortsatte framåt. Stationer kom och gick och snart stod det Köpenhamn H och vi var framme i huvudstaden.

Kapitel 4

Mitt inne i Köpenhamns Hovedbarnegård, som det heter på danska där vimlade det av människor och det kändes friskt att gå igenom folkhavet. Efter att ha passerat trappan så ropade det ut i högtalarna på danska att man skulle skydda sina tillhörigheter då det fanns ficktjuvar som agerade i området. Snabbt kände jag efter plånboken och tänkte knäppa upp jackan, men jag var varm efter kånkandet på väskorna och lät jackan vara öppen, vi närmade oss utgången och jag följde Carl och Fredrik mot toaletten, efter besök och viss diskussion om vad som skulle hända, fattade vi beslutet att ta ut pengar på automaten för att få dansk valuta. Sedan gick vi snabbt mot utgången. Carl tog täten och vek in på Vesterbrogade, vi var på väg till hotellet, det var fullt med bilar och människor överallt. Promenaden varade en kvart. Efter att ha korsat några gator dök en hög skylt upp med hotellnamnet och vi gick in i foajén. Fredrik hämtade ut nycklar till oss, det var dags att inta hotellrummet.

Vi samlades senare på ett hotellrum för att tjata lite och kolla kartan. Stämningen var på topp och vi planerade lite lojt vad som skulle hända. Plötsligt knackade det på dörren.

- Öppna du, Anders.
- Javisst, sa jag.

Jag öppnade dörren, där stod det en punkare med vitt, tovigt, stort täckande hår och svarta glasögon. Jag visste precis vem det var, för jag hade sett denna punkare flera år tidigare på en maskerad. Bakom denna peruk gömde sig Bertil Svensson! Jag var rätt chockad faktiskt, Jag hade fullt upp med att fatta ögonblicket. När jag väl förstått så kom glädjen och jag utbrast.

- Tjenare Bertil!
- Ja, jag är ju punkare och undrade om ni kunde upplåta ert rum till en punkfest sena-
  re ikväll.

Sa han och vi skrattade allihop över tillställnin-
gen.

-    Tjenare Anders! De trodde du inte va?

-    Jag trodde väl aldrig att du skulle komma till
     Köpenhamn, när du inte fanns på tåget i
     Göteborg!

-    Hahaha, nej, nu lurade vi allt dig rejält! Jag
     tog ett annat tåg direkt ifrån Kalmar för jag
     hann inte med ert.

-    Va kul! nu är ju gänget samlat.

Vi skrattade och det pratades febrilt i rummet
och Bertil tog av sig solglasögon. Nu kunde man ju
se att det var den gamle vanlige Bertil som kommit
till oss.

Diskussionerna startade och höll igång i 30 mi-
nuter, då var det dags för utgång.

Vi tog på oss ytterkläderna, Gick ner till hotell-
foajén och lämnade nycklarna. Vi skall ut och äta -

var det någon som sa - gatan passerades på övergångsstället där det var fullt av folk. Jag kom lite efter och vågade inte gå över på grund av alla bilar. Gänget väntade på andra sidan gatan - gubben blev grön - och vi var samlade som grupp igen. Bertil tog täten och försvann in på en bar, jag utbrast.

- Här kan vi väl inte äta? och såg frågande ut

- Vi tar en öl här, sa Carl och pekade på andra sidan gården.

- Kolla, vilka affärer som de har där.

- Ja. sa jag. Och tittade undrande över gården med alla stolar, bord samt gäster som åt och drack det som huset erbjöd.

Jag såg inget särskilt, och undrade vad han hade menat, vi gick in till baren och beställde varsin dejlig glas öl. Bartendern var på gott humör och pratade på för fullt. En mysig inrättning, tänkte jag och pekade på Tuborgölen, bartendern hällde ivrigt upp ett glas till mig. Jag följde efter de andra och satte mig vid samma bord på gården.

Vi började småprata samtidigt som vi tittade på omgivningen. Plötsligt hörde jag ett konstigt ljud ifrån en av gästerna vid bordet mitt emot. Han sänkte ner huvudet, gav ifrån sig ett ljud som lät som danska, jag fixerade blicken och fick se ett ansikte som jag sett förut! Det tog en sekund för polletten att ramla ner, men detta var ju Sigge Karlsson ifrån Örebro, jag stelnande till på stolen och utbrast!

- Men, va, Sigge! Är du här?

Jag for upp ifrån stolen och tog skrattande ett par steg framåt, samtidigt som det gavs full överblick över bordet, så fick jag se Leo Leandersson sitta mittemot! Vi skrattade högljutt och danskarna runt oss tittade.

- Ni har lurat mig igen!

- Ja nu har vi allt lurat dig rejält denna gången!

- Får vi presentera en ny kille, Filip Göransson!

- Hej!

- Hej!

- Jag heter Filip och är Örebroare, jag känner en kompis till Sigge och fick höra talas om resan så att jag frågade om jag fick följa med och det fick jag.

- Ok, Ja Anders Johnsson heter jag, kul att se lite nya ansikten.

Diskussionerna fortsatte mellan medlemmarna i gänget och man pratade ikapp gamla minnen och saker som hänt den senaste tiden. Detta var en lycklig återträff och även ett sent firande av min 30-årsdag. Alla i gänget, förutom den nya killen Filip hade känt varandra i flera år och hade lite olika former av gemensamma äventyr och resor.

Timmarna gick och mat intogs och sedan var det dags att gå tillbaks till hotellet för att byta om.

- Ja, vad tycker du om den nya killen? Frågade Carl inne på hotellrummet.

- Jodå han verkar bra, hoppas han passar in i gänget. Jag har aldrig sett honom förut men Sigge verkade ju känna honom en del, fast rätt ytligt ändå. Det är ju roligt med nya killar i gänget. Fast det tar ju ett tag att lära känna varandra.

- Jo det är sant, jag har aldrig sett honom heller förut. Vad tycker du om tillställningen annars då?

- Ja nu lurade ni mig sannerligen, inte trodde jag att Sigge och Leo skulle dyka upp här mitt inne i Köpenhamn! Vilken överraskning! Himla kul! Bättre 30-årspresent kan man inte få.

- Nej, vi känner att det har blivit riktigt lyckat med denna hemliga resa.

-   Ja sannerligen, och den var väldigt välorga-
    niserad också.

-   Ja, vi skyndar oss och byter om så drar vi
    ner till ströget sedan.

Kapitel 5

Efter en timme på hotellrummen och lite nya kläder så samlas alla i Bertil och Fredriks hotellrum. Det pratas för fullt och snart skrider hela gänget iväg till hotellfoajén för att lämna nycklarna. 20 minuter senare går vi längs Ströget och kollar i butiker. Klädshopar och souveniraffärer var mest populära och det handlades en hel del kylskåpsmagneter, detta var något som Bertil infört i gruppen vilket blivit väldigt populärt. Gärna med motiv ifrån staden eller landet som man befann sig i.

Längs Ströget passerades olika pubar och en av dessa hade karaoke på en scen. Puben var full med folk och det var rätt trångt. Gänget beställde varsin öl efter att ha funnit ett ledigt bord. Jag spanade genast in karaoken där ett par deltagare sjöng för fullt. Snart var jag framme och analyserade låtar av olika slag samt valde två stycken som var mina favoriter. De hade spanskt ursprung bägge två men den ena var gjord av en svensk grupp och handlade om en spansk stad. Gruppen hette I´m from Barcelona och låten We´re from Barcelona. Personligen tycker jag låten är suverän och lyssnar på den så ofta jag kan. Så har jag också ett intresse som resten av gruppen vet om, jag är körsångare. Detta är något som kommit de senaste åren och jag fick leta efter en kör som låg på rätt nivå, det var inga klassiska låtar som hanterades utan just populärlåtar av olika slag vilket förgyllde min tillvaro. Jag är i denna kör Tenor och har ibland svårt med de höga tonerna, men skam den som ger sig. Det hela handlade om livsglädje! Att sjunga är otroligt roligt bara man har rätt låtar som är lagom svåra. Samtidigt så är det någon form av terapi att sjunga.

Det var hela fyra sångare före och det passade bra, då hade jag tid till att ladda upp mig. Under tiden så kunde jag inte låta bli att kasta blickar på den kvinnliga delen av pubens gäster. Det var ungefär 100 personer där inne och stämningen var på topp. Folk var utspridda i hela lokalen och framför scenen var en hel del samlade.

Jag gick tillbaks och pratade med Bertil.

-   Tjena Anders! Vad har du på gång för

    något

-   Nu blir det karaoke grabbar! Hahaha.

Hela gruppen hörde och skrattade samt Leon

skrek!

-   Jag vill vara med!

-   Haha, ja du kan få vara med på andra låten,

    det är den portugisiska låten med Michel

    Teló som gått på radion i flera månader.

    Den kan du inte ha missat. Du blir strålan-

    de Leon, du sjunger bra och texten visar de

    ju i tv rutan däruppe så det skall ju inte vara

    några problem, men jag har blivit rejält ner-

    vös nu.

-   Suveränt jag älskar den låten, den är ju så

    himla bra.

-   Ok jag sjunger en låt först som är helt på
    Engelska sedan kan du hoppa upp på sce-
    nen så kör vi Michel Teló med Ai se eu te
    pego!

Sigge, Carl, Fredrik, Bertil, Leon och den nya
medlemmen Filip satt och mös och skrattade över
händelseförloppet med karaoken.

"nu händer det grejor" sa Bertil. "Nu skall
grabbarna ta över scenen också. Oj oj oj undra hur
detta skall gå" skrattade han och tog en klunk öl.
"Skål för att gänget är samlat i denna underbara
stad!" "Skål" sa alla grabbarna samtidigt och stäm-
ningen var på topp.

Bertil och Carl diskuterade intensivt och Sigge
samt Leon satt i sitt hörn och pratade. Jag fick sagt
några ord med Filip och frågat om hur det var i
Örebro.

-   Jo tack sa Filip, Jag jobbar på ett privat fö-
    retag inom konstruktionsbranschen med

samma uppgifter som Sigge och Leon gör.
Vi jobbar ju dock på helt olika företag.

- Ok. har du pluggat på Högskolan då?

- Ja jag pluggade på KTH i Stockholm och
har bott där ända tills nu kan man väl säga.
Jag fick ett erbjudande som jag inte kunde
säga nej till och flyttade till Örebro. Det
finns ju för och nackdelar med det, lönen är
bra med socialt så känner jag inte så många
i Örebro. Jag har ju mina vänner mest i
Stockholm och har festat mest på Öster-
malm och inneställena i centrum.

- Ok. så du är en riktig Stockholmskis då kan
man säga?

- Ja det stämmer.

- Hur var det på KTH då? Var det svåra stu-
dier? Matten är ju inte direkt lätt om man
läser till civilare?

- Nej men den gick bra för mig! Jag fixade
den, har väl tämligen lätt för matte. Jag gil-

lar mattematisk analys och integraler, det
ger liksom en kick i tillvaron.

- Hahaha! Ja ok, då kan man inte säga att vi
  har samma begåvning direkt. Jag tycker att
  det är riktigt svårt med matten, tror jag mis-
  sade flera tentor före jag lyckades med dem.

- Ja jag förstår, det är många som har svårt
  med matten men du klarade tentorna till
  slut i alla fall och det är ju huvudsaken!

- Ja de stämmer!

- Vad tycker du om puben?

- Jo tack. Väldigt trevligt. Vilka härliga män-
  niskor det verkar vara här. Livsglädjen
  sprutar liksom omkring.

- Ja jag säger detsamma. Här var det väldigt
  härlig stämning.

Bertil sa till Carl.

- Vad tror du om Anders? Jag vet att han
  sjunger i kör men jag har aldrig sett honom

uppträda. Hahaha, det kan gå hur som
helst?

- Hahaha, ja jag vet inte heller. Det blir
spännande det här men med tanke på hur
lätt Anders har det för tjejerna så kan jag in-
te tänka mig annat än att det skall gå bra.

- Hahaha, ja det stämmer. Vore kul om det
gick bra. Skall bli roligt att höra den spanska
låten också. Leon skall ju upp också och
han ser ju riktigt bra ut i vårt gäng. Tjejerna
brukar ju smälta när de ser honom.

- Ja han är en riktig charmör och har ett
snyggt utseende som tjejerna gillar. Har du
sett vilka blickar han får ifrån en del tjejer,
det är nästan som om de går omvägar i bu-
tikerna för att komma honom lite närma.
Haha, ja detta kan bli kul.

Det var bara en sångare kvar före mig och pul-
sen började slå. Snart skulle jag upp på scenen och
sjunga om Barcelona. Usch jag började nästan må

illa, andningen ökade och pulsen slog fortare, jag har alltid varit svag för att sjunga inför publik, det är ju lättare i kören för då sjunger man ju med så många andra! Nu står jag här helt själv och skall sjunga, som tur är står ju texten på tv så att det blir ju inga problem att komma bort sig i texten. Det känns som en trygghet att kunna se texten framför sig hela tiden, annars finns ju risken för att glömma av texten mitt i alltihopa och det är ju inte roligt. Sedan beror det ju på hur lätt man har för att ta in olika texter också.

Hjärtat slår hårdare. Sångaren framför avslutade och presentatören läser snabbt upp att följande låt är Barcelona och den skall sjungas av Anders från Sweden!

Grabbarna får fart, ställer sig upp och jublar lite lätt. Jag börjar tappa känseln i fingrarna, jag får svårt att andas och får en stark scenskräck. Oj vad jobbigt! Vad har jag gett mig in på? Jag ångrar mig förtvivlat och undrar hur detta skall gå. Sakta tar jag mig upp på scenen och sträcker handen efter micken som ligger på en stol. Jag överblickar puben och där står det folk överallt, det kändes som att de var massa fler nu än förut! Vad hade hänt? Jag måste inbilla mig ju, sorlet i pubmiljön gjorde mig svimfärdig och jag kände mig blek, musiken började spela och jag uppfattade Barcelona låtens början men jag var inte med! Hur skall detta sluta tänkte jag, vad har jag gjort, det är bäst att jag går ner igen! Nanananana nanananan ana nananananananana började det och nu förstod jag att det hela var i gång. Jag måste sjunga snart och det var bara en refräng kvar sedan skulle rösten in på ett visst exakt ställe. Inte för snabbt och inte för sent, det var svårt att komma in i låten precis rätt. Plötsligt kände jag ett starkt tryck över bröstet och det kändes som att jag inte kunde sjunga alls, nu var det bara någon sekund kvar. Jag läste texten på tv:en och trodde att detta var helt omöjligt. Nu måste jag sjunga! Sjung nuuuuuu! Plötsligt hörde jag min röst. Den lät som den brukade och jag läste av texten på tv hela tiden. Oj va snabbt det gick samtidigt som jag hörde min egna rösten sjunga.

-   I'm gone sing this song with all of my friends and were aim from Barcelona. Nanananana nananananananananananananana.

De spanska tjejerna kom igång och började sjunga med lite, detta var ju deras låt som handlade om deras land! De stod och diggade och gungade med kropparna fram och tillbaka till musiken.

Bertil sa till Carl.

-   Va tusan han har kommit igång och det låter ju bra. Kolla in brudarna vad de diggar. Haha detta är ju succé, de gillar det de hör. Är det de där spanska brudarna som diggar så?
-   Ja det är det, sa Carl. Kolla in vad snygga de är!? De är riktiga topptjejer ju, inte visste jag

att de kunde vara så fina de spanska tjejerna.

- Nej det är verkligen roligt att se dem och framför allt att de verkar gilla Anders låtval. Titta, titta, en av tjejerna går ju fram till scenen och diggar! Håhå, han har fått en supporter vid sin sida Anders, hahaha.

- Ja jösses. Hon diggar för fullt ju!

- Hahaha, titta nu kommer allihop.

- Hahaha, vilken succé.

- Heja Anders!

Nu hade nervositeten släpp och jag började helt enkelt sjunga avslappnat och kunde fokusera lite på vad som hände runt omkring mig. De spanska tjejerna hade diggat loss och stod nu framför scenen och dansade. Det var fem tjejer och de verkade ha riktigt kul. De rörde sig i takt och deras kroppar svängde i någon form av dans fram och tillbaka. Jag njöt av melodin som var så trallvänlig och refrängen bara jag älskade. Refrängen var bäst av allt och den spred glädje i hela mig. Jag var tvungen att fokusera på låten fast texten kunde jag nästan utantill. Min kropp rörde jag i takt med musiken samtidigt som jag sjöng och denna dag hade jag lyckats få på mig en riktigt fin skjorta som utstrålade stil, finess och snygghet, den var klockren och jag var riktigt stolt över mig. Låten gick över i andra refrängen och jag tittade ner framför scenen och möttes av två bruna ögon som glittrade av lycka. Blicken var intensiv, denna spanska flicka utstrålade energi och var härligt vacker i sitt utseende. Hon hade långt brunt hår och fantastisk hy. Över axlarna hängde ett linne som var vitt och hon vinkade med den spanska handviftningen hela tiden i takt med Barcelona musiken. Rätt som det var så gav hon mig blicken igen och denna gång var det ingen slump. Ögonen mötte min blick och jag kände att hon verkligen tyckte om det hon såg och hörde, inbillade jag mig i alla fall. Hon var lycklig och om jag hade gjort henne det så var jag verkligen stolt över ögonblicket.

Bertil formligen skrek till Carl som hade satt ölen i halsen.

- Kolla vad som händer! Kolla in tjejen som diggar lägst fram! Hon flirtar ju med Anders på

  scenen ju. Titta hur hon vinkar. Har du sett det förut?

- Hahaha ja det är väl vanligt att man vinkar så i de sydliga länderna runt medelhavet! Hon ser ju riktigt bra ut och dansa kan hon verkligen.

- Om responsen blev så bra på Anders hur skall det då gå när Leon kommer upp? Ha-haha.

- Leon hade börjat värma upp inför nästa låt och var redan på gång mot scenen. Han placerade sig bakom scenen och väntade på att låten snart skulle ta slut.

Tjejerna dansade framför scenen och Barcelona låten gick in på sista refrängen och slutade

tvärt. De jublade på dansgolvet och resten av pub-
liken klappade händer, då gick Leon upp på dans-
golvet och ställde sig med en mikrofon bredvid
Anders. Nu skulle de köra den halvportugisiska
låten som de pratat om förut, undra hur detta skulle
gå?

Carl sa till Bertil.

- Nej vi måste fram och stötta!

- Javisst!

- Vi tar oss fram till Scenen bredvid bru-
  darna.

- Jajamän.

Carl armbågade sig mellan publiken och när-
made sig scenen. Just nu var det tyst på scenen men
Leon hade gått upp.

- Nu är de uppe bägge två. Sa Bertil till Carl!
- Ja de har verkligen kommit igång.

- Ja det undrar jag med! Hittills så har det ju varit lite succé tycker jag.

- Ja det gick verkligen bra med förra låten! Får se hur nästa blir?

Musiken började spela och de spanska tjejerna blev helt hysteriska och började jubla! Leon och Anders började sjunga och dansa taktfullt till musiken. Ifrån Carl och Bertils ställe nere på dansgolvet såg de killarna på scen gunga i takt med musiken. De verkade sprudla av energi, de såg ut att ha riktigt roligt. Carl hamnade bredvid de spanska tjejerna och satte igång att dansa och att digga, tätt intill anslöt Bertil som körde loss i samma gung. Energin hos de spanska tjejerna formligen sprutade ut och de höjde tempot till den nya låten men slutade inte att vifta med handlederna utan tvärtom. En av tjejerna började dansa mot scenen och ytterligare två tjejer följde efter. Detta var verkligen lyckat, alla jublade och hängde med i rytmen. Fredrik,

Sigge och Filip kom nu ner och började dansa bredvid Carl, Bertil och tjejerna som svängde loss.

- Hahaha, underbart sa Bertil och kramade om mig när jag kom ner ifrån scenen. Detta gick ju mycket bättre än vi någonsin hade trott!
- Ja vad härligt, sa jag och torkade bort svett-droppen i pannan.
- Det blev ju ett riktigt drag och låtarna var populära
- Ja de är mina favoriter! Jag lyssnar ju på dem varje dag nästan, tycker att de är riktigt bra.
- Ja verkligen! Det svänger om dem. Gott jobbat!
- Tackar.

Carl sade.

- Visste inte att vi fått sådana Don Juaner med oss på resan. Hahaha ni är ju populära hos tjejerna.

Ja sa jag och sneglade bort mellan kompisarna för att få en skymt av den spanska flickan som visat sådant intresse. Hon hade anslutit till sina kompisar och stod i baren och pratade. Vi pratade på i gänget om uppträdandet men mina blickar for då och då bort till baren där tjejerna stod och pratade! Leon hade redan vinkat in mot sina två supporter tjejer som stod och hängde och skrattade. Rätt som det var gick den handlingskraftiga Leo bort och pratade med dem och jag började undra på vilket språk de pratade och även om de verkligen var Spanjorskor eller om de var inbillning? Efter ett tag så blev det en lucka i baren och jag såg min chans att ställa mig bredvid den tjejen som gett mig blickar. Jag tog mig mod och andades djupt ett par gånger sedan gick jag bort, sakta gick jag runt baren och ställde mig bredvid henne. Hon tittade inte åt mitt håll utan pratade på med sin väninna, attans tänkte jag, nu blir jag ståendes här hela kvällen utan att något händer men så slutade de prata, det blev en lucka och jag sa på engelska.

- What do you think about the song?

- Ohh hello, oh yes we really liked it a lot!

- That sounds good! Maybe you now the writer or were the song comes from?

- O yes its from Spain or very near Spain and they sing it in Portuguese but also in English.

- So were do you come from?

- I am from Spain and Sweden, me and my friends come from Barcelona.

- Very nice! I like Spain a lot.

- That's nice.

- I think that the weather Is wonderful and I like the Mediterranean.

- Oh yes, I like it to. We go to the coast line a lot when we are at home. My mam and dad has a small house near the coast line.

- Nice that you can speak English because I don't speak Spanish. I can only say hola and serveca.

- But that Is alright, I can speak English. But if you want? Så kanske jag kan prata svens-ka.

- Hahaha, ja det går alldeles utmärkt.

- Jag är svensk och har en svensk pappa så att det är inga problem men jag bor i Spani-en nuförtiden.

- Jaa, vad imponerad jag blir. Jag trodde att du var spanjorska!

- Ja men det stämmer inte, jag kan prata både spanska, engelska, svenska och lite portugi-siska.

- Där ser man, vad trevligt med någon som kan språk.

- Ja jag tyckte i alla fall att du sjöng bra och hade bra låtar på scenen förut. Det var väldigt trevligt. Du kanske håller på mycket med sång?

- Nja jag sjunger i kör men annars är det väl inte så mycket. På senare tid har jag även försökt skriva lite låtar men det är ju inte så lätt att skapa kanske.

- Ok ja jag tyckte väl att du hade lite talang.

- Tack.

Hon hade ett linne på sig och den solbrända huden glimmade till. Hennes ögon var blåa och glittrade. Bakom linnet skymtade man en svart behå med band som fortsatte över axeln. Håret var långt med lockar i. I mina ögon så var hon en väldigt vacker kvinna som både var vältalig och begåvad. Jag frågade vad hon hette.

- Jag heter Jenny.

- Vad heter du?

- Jag heter Anders Johnsson.

- Fint namn.

- Är ni här på semester?

- Ja vi har tagit en kortweekend här i Köpen-
hamn.

- Ja det är samma för oss. Vi är ute på en
hemlig resa, det är en 30 årspresent som
grabbarna har fixat till mig.

- Jaha vad kul det låter? Hur kändes det att
inte veta vart du skulle?

- Jo det var väldigt spännande och det var in-
te förrän jag kom till Varberg som jag fick
reda på att vi skulle till Köpenhamn.

- Jaha vi åkte ifrån Spanien direkt med flyg
och stannar i 4 dagar. Det är spännande att
få komma till en ny stad. Eftersom jag är
ifrån Sverige var det extra roligt att få
komma till Köpenhamn. Jag har aldrig varit
här förut av någon anledning men staden
uppfyller alla mina förväntningar. Vi har

lagt ett litet schema över saker som vi skall
göra.

- Jaha. Vad roligt. Det låter kul.

Samtalet fortsatte och till slut satte vi oss vid ett bord med Leos damer. Samtalen spirade och vi fortsatte konversationen i säkert ett par timmar. Fusionen var lyckad och vi samlades i en stor grupp och gick vidare till nästa pub som dock var risigare än den förra. Vi slog oss ner vid några bord och Filip försvann bakom bardisken med någon i personalen. Jag undrade vart de tog vägen, efter en tid var Filip dock tillbaks med en öl i näven. Han uppförde sig lite väl förfriskat tyckte jag för att man förstod att han var påverkad.

Efter ett tag så tröttnade alla på den nya puben. Hela gänget reste sig och drog vidare. Filip var fortfarande i högform men jag tyckte att han kunde ta det lite lugnt med ölen i fortsättningen.

När vi bytte ställe så noterade jag att Filip hade blivit ståendes vid tre killar som pratade med honom, samtalet pågick en kort stund och jag funderade på om det var något på gång. Jag tänkte gå bort men samtalet avslutades och Filip kom tillbaka.

- Vad var det där om? Frågade jag.

- Ingenting, de frågade bara om vägen.

- Ok, de verkade känna dig?

- Nej, jag har aldrig sett dem förut!

- Ok vi går väl vidare mot hamnen.

Hela gänget drog vidare neråt Ströget mot hamnen och jag närmade mig min nyvunna spansk/svenska vän Jenny som glatt språkade på svenska. I ett litet ögonblick tog jag henne försiktigt i handen och hon kramade den lite grann. Kontakten varade i några sekunder och det var ingen annan som såg rörelsen men jag kände en skön värme i kroppen. Efter ett par kvarter neråt hamnen passerade vi en bokshop och jag tog hennes hand igen, denna gång höll vi kvar i varandras händer. Vi passerade förbi restauranger. Mitt på gatan uppträde olika artister, en del jonglerade med bollar, andra var akrobater och utförde svåra hopp. Jenny var strålande glad, snygg och väldigt tilltalande, hon pratade men lyssnade också.

Sommarnatten smög sig på och klockan passerade midnatt, vi närmade oss en pub som var öppen och detta skulle bli sista stället för kvällen. Jag och Jenny satte oss en bit ifrån de andra och jag frågade spänt efter hennes telefon nummer.

- Jaså, vad skall du med det till har du tänkt dig?

- Tja jag vet inte.

- Ja vi får titta på det, har du verkligen skött dig då?

- Jag hoppas det.

- Hahaha, det är jag som är domare och tingsrätt i samma stund. Men det vet du väl om?!

- Ja

-	Klart du skall få mitt nummer min vän, jag träffar dig gärna igen! Jag har en lucka imorgon om du har tid.

-	Tack! Det vore kul.

Efter en timmes minglande var det dags att gå hemåt. Sakta började hela gänget att vandra tillbaks mot hotellet. Gatorna började bli mörka och öde. Vissa delar av gatorna var lite öde och mörka. Efter att vi strosat hemåt i fem minuter så upptäckte jag de där killarna igen som pratat med Filip. De gick bakom oss en 20 meter. Det var stabila killar allihop och en av dem verkade ha lite väl breda axlar och såg riktigt bitig ut, en sån där kille som man inte ville hamna i fejd med. Utan att döma så hade jag av egen erfarenhet om att kunna bli så stor och kraftig med enbart styrketräning är svårt. Jag såg honom bara på håll då och då men när de kom närmare så gillade jag inte hans ansiktsuttryck, det verkade spänt och allvarligt.

Nu kunde jag inte låta bli att hålla kollen på de bitiga killarna som gick bakom, de hade varit bakom i 20 minuter nu och kom närmare, troligen så hade jag bara fått någon nåja men de hade ju pratat allvar med Filip förut och det hade jag ju sett. Jenny höll mig i handen och hela gänget var samlade och gick i sakta mak framåt, Leo pratade fortfarande med sina två nyvunna spanska flickor. Fredrik, Sigge, Bertil, Carl och resten av tjejerna gick i en klunga bakom oss. Filip hade slackat efter och gick nu sist.

Vi närmade oss en mörkare gränd. Jag slängde en blick bakåt och såg att Filip befann sig ett tiotal meter efter oss tillsammans med de bitiga killarna helt plötsligt, de måste ha gått ikapp och ropat till sig Filip. Den ene av killarna tog tag i Filip och puttade honom mot en sidogata. Filip snubblade och samma kille greppade tag i armen började gå iväg med honom. Alla killarna försvann in i gränden och de var nu ett trettiotal meter bakom oss, jag stannade till och kände att detta inte alls var bra.

Hur skall jag göra? Jag gick fram till Carl och tog honom i armen och sa till honom att komma med!

- Följ med mig Carl!

- Vad är det?

- Filip verkar vara i fara, vi får titta vad som händer! De försvann i gränden här bakom.

- Ok, jag kommer!

Vi skyndade oss fram till gränden. 50m längre fram fick vi se Filip få ett rejält slag i magen. Han fick två, tre slag direkt i magen igen. Det var en av de bitiga killarna som slog och de två andra höll Filip emellan sig.

Vi insåg att vi måste göra något även om situationen var väldigt olustig och jag ville inte kasta mig in och bråka med de här killarna. Vi började springa mot Filip och misshandeln för det var inget slagsmål. Vi sprang och började skrika både jag och Carl, vilket fångade killarnas uppmärksamhet. De såg att vi var på gång och skrek något till Filip samt slog kraftiga slag mot revbenen och njurar. Den blonde skrek och killarna släppte Filip, de sprang snabbt nedåt gränden och försvann bakom ett hörn.

Filip hade segnat ner på marken och tog sig runt magen och revbenen, han chippade efter luft och kunde inte andas! Han hade fått hårda slag rakt i magen och tappat luften om inte värre. Rätt som det var började han andas och flämtade. Han andades kraftig och stönade av smärtor.

Vi tittade ner längs gatan efter de som utfört misshandel, varken jag eller Carl hade lust att ta upp jakten på dem utan koncentrerade oss på att ta hand om Filip. Han började andas vanligt och blev liggandes kvar på marken i flera minuter, sedan började han sakta röra sig och komma upp på benen!

-    Aj AJ AJ! Sa Filip.

-    Hur känns det?

-    Jag har ont i sidan men det gå bra ändå.

- Ok har du brutit någonting?

- Nej det tror jag inte.

Filip började sakta att gå tillbaks mot vägen där vi kom ifrån, han repade sig och stod upprätt.

- Jag är tacksam om vi inte säger något till de andra.

Ok sa jag men det är lite svårt att vara tyst om det här, speciellt om du har blivit skadad. Och samtidigt såg det ju ut som om de ville något ju. Vet du vilka de var? Vad var det som de ville? Var det för deras stora nöjes skull som de slog dig! De har ju pratat med dig minst två gånger som jag sett och de har ju verkligen pratat. Vad har de sagt? Är det något speciellt eftersom de tände till så in i bomben att de var tvungna att slå dig. Men de såg verkligen ut som slagskämpar med. Jag tror inte att de behöver någon speciell anledning att slå folk. De verkade bara göra det för deras höga nöjes skull.

- Jag vet inte vad de ville! De bara pratade!

- Ok.

- Låt oss gå tillbaka till de andra och så säger
  vi inget än så länge. Vi får prata mer om det
  sedan. Kan du gå upprätt?

- Ja det har lugnat ner sig nu! Jag kan gå
  normalt om än med lite smärtor!

Vi gick sakta tillbaks till ströget och fick se res-
ten av gruppen som stannat längre ner! De verkade
inte ha märkt något alls.

- Var ni inne på ett snabbt pubbesök igen.
  Haha, att ni aldrig kan motstå dessa frestel-
  ser.

- Nja vi fick lite förhinder, sa Carl.

Tjejerna anslöt och Jenny kom fram och gav
mig en kram. Min puls var hög och jag kände mig
hotad efter att ha sett Filip få så mycket stryk. Jag
måste prata med Filip, det hela verkade vara lite

konstig. Filip verkade nästan ha följt med av sig själv också. Han hade ju kunnat springa ner längs ströget istället.

Tjejerna pratade på och var på härligt humör tillsamman med resten av gruppen som inte hade sett det som inträffat. Vi fortsatte hemåt och snart skulle tjejerna gå till sitt hotell. Jenny kom fram till mig och våra blickar möttes, vi tittade på varandra och kysstes. Jag kunde känna hennes armar omkring min midja och den ena handen grävde i min sida så att det nästan gjorde ont.

- Vi ses väl snart igen min mystiska man, Sa Jenny.

- Jag skall titta om min sekreterare kan boka in ett möte med dig.

- Jasså han har sådana också. Fint skall det vara alltså. Jaha jag får väl fråga min massör om han släpper loss mig i så fall.

-   Du kan nog avskeda honom nu, för jag har
    tagit hans plats. Sa jag och nafsade henne i
    läppen.

Vi kysstes igen och vinkade adjö. Hela det
spanska tjejgänget började vinka med sina handle-
der på just sitt speciella spanska sätt med handfla-
tan mot sig. De rörde sedan handen hastigt mot sig
fram och tillbaka. Vi skrattade och gjorde på
samma sätt och sedan vinkade vi till alla tjejerna!
Kvar stod jag Sigge, Fredrik, Filip, Börje, Carl och
Leon.

-   Ok grabbar. Vad skall vi göra nu sa Bertil.

-   Ja det är nog bara hotellet som gäller, sa jag.

-   Ja, sa Carl och sneglade på Filip som såg
    blek ut.

-   Vi gick över Rådhusplatsen och bort mot
    vår hotellgata.

-   Okey, sa Bertil. Det är snart dags för bin-
    gen.

Vi tog in Filip i vårt hotellrum omedelbart. Jag och Carl sa till Filip att ta av sig på överkroppen, vi tittade på skadorna som han fått. Han hade ett par märken som var lite blåaktiga.

- Hur går det Filip? Var har du ont?

- Överallt men det ligger inom rimlighetens ramar.

- Du har inga inre skador då som en brusten mjälte eller något? Sådan måste ju behandlas direkt annars kan du förblöda.

- Jag vet inte, sa Filip. Det känns som att jag klarade mig rätt bra. Tror inte att jag behöver uppsöka sjukhus.

- Ok du verkar ju känna dig bra så då struntar vi i det. Men vet du vilka de här killarna var? Har du sett dem förut?

- Nej det har jag inte!

- Men jag såg dem prata med dig efter vi ha-
  de varit inne på den där puben då du gick
  bakom disken ju!?

- Ja jo det stämmer, sa Filip.

- Men då har du ju sett dem förut ju, sa Carl.

- Jo men det var första gången som jag såg
  dem då.

- Vad gällde det då?

Filip skruvade på sig.

- Jag vet inte! Sa Filip!

- Nehej sa jag. Vi släpper det! De ville slåss,
  så enkelt är det bara.

- Jag går in till mig och tar en varm dusch, sa
  Filip.

- Ja gör det så hörs vi imorgon, hej så länge.

Filip knallade iväg och jag sa till Carl.

- Det verkade lite konstigt. De såg ut att hota honom! Jag vet inte om han talar sanning.…..

- Jag vet inte heller. Jag såg dem aldrig utanför puben.

- Nej, ja vi får hoppas att han kryar på sig och att det inte var några allvarliga skador.

- Ingen av oss känner ju Filip eftersom han är ny i gänget.

- Nej.

- Han verkar ju vara en bra grabb annars. Han är trevlig och framåt.

- Ja det stämmer, det tycker jag med.

- Ja ja, vi gör ingen större sak utav detta utan stöttar Filip och så får vi hoppas han inte behöver åka till sjukhus, men det verkade ju inte så.

Vi småpratade lite om damerna som vi träffat och kvällens händelser. Efter ett tag så var det dags att släcka ner och somna in för natten.

Kapitel 6

Klockan ringde och både jag och Carl kom upp rätt snabbt. Det var ju frukost dags på restaurangen så att det gällde att hålla tiden. Vi gick ner och fick genast se Bertil och Sigge i salongen. Vi satte oss vid samma bord.

- Vi skall ju på Tivoli idag, sa Bertil.

- Vad kul! Sa jag.

- Vi tänkte vara där vid 13-tiden och före det äta lunch på Hard Rock Cafe.

Jag tittade upp mitt i bacon frukosten med vita bönor. Sigge smackade och åt för fullt

- Hur tycker du resan varit hittills, sade jag.

- Jo tack bara bra. Vi pratade om att gå till Carlsberg bryggeri för att kolla hur tillverkningen av öl går till.

- Jaha, det låter kul. När skall vi ta det i så fall?

- Jag vet inte, vi har inte bestämt ännu. Vi skall ju på Tivoli snart i alla fall.

- Ja, du förresten hur väl känner du Filip?

- Tja det är genom kompisars kompisar, han jobbar ju i Örebro men kommer ifrån Stockholm och på den vägen är det.

- Ja ok, så du känner honom inte så väl då?

- Nej vi har varit ute på lite tillställningar men annars är det en ny bekantskap för mig.

- Ok.

Alla hade god aptit och åt för fullt när Filip plötsligt kom in i restaurangen. Han höll sig lite lätt för bröstet men verkade annars helt ok. Vi vinkade in honom till vårt bord.

- Hej. Hur är det Filip sa jag.

- Hej. Jo tack bara bra.

- Inga smärtor sedan igår?

- Nej inte så mycket som jag trodde, jag hade ont igår men idag känns det mycket bättre. Bara lite öm i sidan och lätt blåslagen.

- Hoppas det blir bättre! Men du kan gå och röra dig obehindrat eller?

- Nja, jag har lite ont i vissa rörelser, men annars går det bra.

- Jasså hamnade du i slagsmål, sa Sigge.

- Ja det stämmer men jag fick ju hjälp av mina nya vänner här.

- Ja det var allt tur att vi kom till hjälp sa jag, annars hade du nog fått mer stryk, de såg inte så glada ut de där gossarna. Sedan var de ju riktigt stora och vältränade också. Vet inte om den ene hade tagit något för han var ju onaturligt stor. Han såg ut som den störste gubben i tvprogrammet gladiatorerna.

- Hahaha, Sigge skrattade. Jösses, vad är det ni råkat ut för något?

-   Jag vet inte, sa jag. Hoppas vi slipper stöta
    på dem igen men det är väl ingen risk i den
    här stora staden.

Filip sade ingenting utan tittade bort och började inta frukosten istället och snart kom snacket igång om dagens händelse, nämligen tivolit. Vi pratade om vilka attraktioner det fanns att åka. Någon hade varit där förut och nämnde en pendel med en liten flygmaskin i botten, pendeln började sedan snurra runt, runt i väldig fart vilket var väldigt olustigt eller lustigt beroende på vad man gillade. Pendeln skulle tydligen vara hög, säkert 8 meter till centrum skruven vilket innebar att man kanske var 16 meter upp i luften då flygplanet var som högst i luften. "Man måste ju utsättas för rejäl Gkraft om den snurrar runt ifrån den höjden" var ytterligare en kommentar.

Sigge pratade vidare om Carlsberg ölbryggeri, hur själva bryggeriprocessen gick till, lokaler, olika ölsorter, ljust och mörkt öl. Han ville se själva påfyllningen av öl gick till och hoppades på detta. Vi lokaliserade bryggeriet på kartan och konstaterade att det var en bit att gå, men vi skulle lösa det.

Frukosten blev uppäten och vi beslutade att ta ett par timmars egen tid före vi skulle träffas inför Tivoli. Jag och Carl gick till hotellrummet och kollade litteratur, vi pratade om olika böcker som vi läst. Carl läste mycket, han läste ca en bok i veckan och var enligt mitt tycke riktigt extremt snabb läsare. Personligen så var jag mycket långsammare och låg på max en bok i månaden men jag tyckte det var kul och köpte både romaner och faktaböcker. Vi beslutade om att ta en snabb promenad för att titta lite i skyltfönstren och affärerna. Det fanns en del annorlunda produkter och det var kul att vara utomlands. Solen lös härligt starkt och vi fick frisk luft. Mina tankar samlades runt gårdagens händelser, det var rätt omväldande känslor jag hade, ena stunden var jag med en attraktiv kvinna och andra stunden stod man inför några stora gorillor som bara ville skada. Mitt fokus hamnade på Jenny och jag kom på att vi kunde bjuda henne på tivolit eller i alla fall väcka frågan. Jag berättade om iden för Carl och han tyckte om den. Det var ju trevliga tjejer och jag verkade ju ha något på gång sa han. Jag skickade iväg ett sms med inbjudan och svaret lät inte vänta på sig. En stund senare så kom ett sms som talade om att de var intresserade av att samlas och gå på Tivoli. Vi bestämde att träffas utanför vid 13 tiden. Jag hoppades på det bästa och vi vandrade vidare i Köpenhamn.

Drygt 11.30 så samlades hela gänget nere i hotellreceptionen, alla var där; jag Carl, Bertil, Sigge, Filip, Leo och Fredrik. Vi var ett solitt gäng på hela sju personer varav tre ifrån Örebro, två ifrån Göteborg, Fredrik ifrån Lidköping och jag ifrån Vänersborg. Vi kom ifrån lite olika platser men de flesta var ifrån Västsverige. Stämningen var på topp och alla var entusiastiska över den kommande dagen. Alla hade fått reda på att de spanska tjejerna skulle sluta upp utanför Tivoli och Leo var i sitt esse. Han såg verkligen fram emot att träffa dem igen. Det var väl jag och Leo som hade blivit mest personliga med spanjorskorna, men alla hade fått en bra kontakt och det kändes trevligt att umgås.

Vi steg allihop ut ifrån hotellreceptionen och gick längs gatan mot Hard Rock Café som låg rätt nära Tivoli, borden var bokade och det var dags för lunch. Vi möttes av en leende personal som genast tog hand om oss och visade oss till bords. På väggarna hängde gitarrer och rockfotografier samt i baren spelades det gammal klassisk rockmusik som man kände igen. Menyn ställdes fram och grabbarna tog plats vid bordet, det var mycket folk och lite trångt bland alla gästerna. Alla beställde in varsin öl och anledningen påstods vara att samla mod inför eftermiddagens aktiviteter. Allihop i gänget skålade och stämningen var på topp. Maten beställdes och personalen gav oss god service och stämningen var på topp.

Klockan var ett och vi närmade oss Tivolis huvudport och det första vi fick se var en sprallig grupp tjejer som pratade på både svenska och spanska. Vi gick fram och hälsade på tjejerna som glatt ropade hola. Ett av får ord som jag kunde på spanska. Jag gick fram emot Jenny som stod sist i klungan av tjejer, våra blickar möttes och jag kände hur det hettade till i kroppen. Plötsligt visste jag inte om jag skulle krama henne eller kyssa henne, en sak visste jag dock att hälsa i hand var det inte tal om. Jag frös helt plötsligt till is av någon form av nervositet, våra ögon möttes och det blev hon som var tvungen att ta initiativet eftersom jag blivit stillastående. Hon tog sakta min hand och böjde sig fram och pussade mig vid sidan av munnen.

- Hola, sa Jenny.
- Hola, sa jag.
- Väldigt vad trevligt att se dig igen!
- Jag får säga detsamma! Men jag visste inte att jag skulle bli så glad att få se dina ögon igen.
- Tack skall du ha. Dina blå ögon är inte så dumma heller.

Vi pussades lätt och log emot varandra. Hon tog min hand och vi gick in på Tivoli.

Hela gruppen roade sig och singlarna Sigge, Leo, Filip och Fredrik pratade för fullt med tjejerna medan Bertil och Carl tog det lite lugnare. Det var dags för bergodalbanan. Jenny tog tag i mig och tittade mig stint i ögonen och sa.

- Jag åker om du håller i mig!
- Jag håller gärna i dig om du vill åka!
- Jag är lite rädd för sådana här bergodal- banor och just den här är lite tuff tycker jag.
- Jag kan hålla i dig det jag kan. Jag vill ju inte tappa greppet om en sådan tjej som dig! Sa jag med ett leende på läpparna.

Jenny skrattade och vi gick sakta iväg mot sta- ketet där åkarna skulle samlas. Nästan hela gänget skulle åka bergodalbana. Den ende som inte ville var Carl och han vaktade tjejernas väskor istället! Vi andra närmade oss vagnen och snart var det vår tur att åka. Vi satte oss längst bak i vagnen och Jenny tog tag i min hand på ett väldigt speciellt sätt. Hon höll med sina bägge händer min hand och kramade den hårt. Sättet hon höll den på gjorde mig lite knäsvag samtidigt som Jenny tittade mig djupt i ögonen, hennes blick var menande och hon sade till mig.

- Du tar väl hand om mig nu när vi åker!
- Ja det är klart att jag gör!
- Jag litar på dig.

Vi startade med ett snabbt ryck. Banan verkade ha varit med om en hel del förut och hastigheten var det inget fel på men mitt fokus var inte på åkturen utan på Jenny som kramade min hand. Hon såg lite rädd ut men verkade ha riktigt roligt ändå. Grabbarna längre fram ropade och tjoade i kurvorna och nu gick det riktigt undan. Jag tappade andan i ett gupp och fick spänna musklerna allt jag orkade. De sista svängarna var riktigt tuffa men till slut bromsade det in tvärt och farten sänktes och vi var framme. Efter åkturen samlades vi vid Carl där han stod med väskorna.

Vi strosade sakta fram och tittade på åkattraktioner samt åt spunnet socker. Leo var en riktigt Don Juan och charmade tjejerna på sitt egna sätt. Filip, Sigge och Fredrik försökte hålla uppe tempot.

Klockan närmade sig 18 och vi passerade grindarna ut från Tivolit och tackade för oss. Vi vandrade sakta förbi Hard Rock Cafe och passerade Vesterbrogade till Rådhusplatsen. Rådhusplatsen var som ett stort torg rätt kalt och kallt, till höger låg en stor byggnad som var troligen var Köpenhamns Rådhus. Rakt över torget kunde vi se början av Ströget och Burger King. Att fortsätta ut på ströget var det enda gruppen kom på men denna gång skulle vi gå ända till Nyhavn.

Kapitel 7

Efter att med snabbt tempo passerat ca 10 tvärgator och två torg kom vi ut på Kongens Nytorv med den kungliga teatern på höger sida. Hamnen var nu tvärs över detta stora torg och vi närmade oss sakta och snart såg vi Nyhavn, vattnet som speglade sig blått och många båtar låg vid kajen. Här låg det turistbåtar av samma modell som Paddan i Göteborg, två av dem var fulla med turister och den ena tog fart och körde ut under bron och vidare ut i hamnen. Efter kajen låg det stora fiskebåtar av äldre modell. De var välskötta och lacken glänste på trädäcket, de flesta båtarna var rätt stora, 10 till 20 meter långa. Vi valde att gå på vänster sida av hamnen där alla restauranger och café låg, allihop hade de uteserveringar med vita parasoller över borden. Uteserveringarna sträckte sig efter hela kajen och vi strosade sakta framåt. Det var lugnare i hamnen än på själva Ströget och vi fann ett fik där vi alla fick plats. Det var dags för kaffe och bulle. Jag hade inte druckit kaffe sedan i morse och njöt nu av den varma drycken. Alla var på gott humör fast dock lite trötta efter både Tivoli och den långa promenaden. En del av grabbarna beställde in Carlsberg öl medan tjejerna tog var sitt glas rött vin. Det småpratades för fullt och snart var kl. 19. Vi bestämde oss för att byta ställe och drog oss längre ner i hamnen. Jag tittade in mot en sidogata och blev helt plötsligt stel. 30 meter upp i sidogatan stod det 3 killar och tittade ner mot oss, två av dem hade mörka solglasögon men jag kände genast igen dem som förövarna från gårdagen. Jag smet undan Jenny och gled upp bredvid Carl och pekade lite försiktigt.

- Titta däruppe, känner du igen dem?

- Ja det är ju de där killarna ifrån igår!

- Ja det stämmer, vi måste prata med Filip.

Jag gick snabbt bort till Filip och viskade till honom, han tittade och såg genast förstörd ut. Han blev helt blek och började flacka med blicken

- inte nu igen, de var ju på mig igår. Kommer
  de aldrig att ge sig eller?'

- Vad är det som de vill dig? Vet du vad de
  vill? Ligger det något mer bakom detta?

- Jag vet inte!

Filip försökte komma ur sikte för killarna men
de hade redan börjat gå åt vårt håll och jag visste att
det nu var igång igen. Undrar hur detta skall sluta
tänkte jag och banade mig väg till Jenny och tog tag
i hennes hand.

- Vi kanske måste gå iväg på ett ärende snart.

- Jasså skall ni det nu? Vad har ni för hemlig-
  heter?

- Inget märkvärdigt, vi skall bara kolla en sak.

- Ok, försvinner du får du höra av dig sedan,
  du får skicka sms.

- Ja de skall jag göra men det kanske inte tar
  så lång tid, om ni går neråt hamnen och tar
  in på en pub eller fik så kommer vi sedan.

- Ok, det gör vi, syns sedan då, kanske.

Flickorna fortsatte framåt och försvann snart i folkvimlet. De tre killarna hade upptäckt Filip direkt och börjat gå emot honom, de vinkade åt Filip att komma och tro det eller ej men Filip hade börjat gå emot dom. Det var inte många meter kvar till dem. Vi andra killar såg vad som hände och förstod att Filip måste ju ha någon form av kommunikation med dessa, varför skulle han annars gå fram till dem på detta sätt! Han fick ju stryk igår, räckte inte det.

- Vad tror du om detta Carl, sa jag.

- Jag vet inte vad som försiggår men det måste vara någon som vi missat

- Ja tydligen, jag hade aldrig gått fram till några på det sättet om jag fått så mycket stryk dagen innan. Vad sysslar han med Filip?

Filip kom i kontakt med de tre männen som direkt tog tag i handen på honom och drog upp den bakom ryggen. De tre männen ledde Filip iväg mot en gränd och snart var de utom sikte för hamnstråket och våra blickar, jag och Carl tittade på varandra.

- Vad skall vi göra? Sa jag.

- Jag vet inte jag är inte speciellt sugen på detta, sa Carl.

Mitt i gruppen hördes nu en stämma som var upprörd.

- Men va tusan! Vi kan inte stå här, sa Fredrik på sin välkända skaraborgska. Vi måste göra något han blev ju ivägsläpad av tre gorillor ju.

- Jag vet, sa jag. Skall vi gå in i detta? Det verkar inte vara vår fajt?

- Vår fajt! Vi kan ju inte låta dem släpa iväg honom så här! Kom igen nu så tar vi dem! Vi är ju fem stycken! Det borde vi ju kunna lösa, vi måste ju få loss honom ifrån gorillorna!

- De kanske bara ville prata lite eller vad kan ha hänt?

- Jag vet inte men här kan vi inte stå och snacka utan kom igen nu så följer vi efter och kollar så att inget händer honom.

- OK är alla med i detta?

Resten av gruppen nickade sakta med huvudet och höll med. Vi måste göra något var den allmänna meningen. Fredrik var en av de mest vältränade av oss, han hade spelat elitbandy i Villa Lidköping och även löst av med styrketräning. Han var inte rädd för slagsmål och vägde 90 kilo med enbart muskler och en höjd på 1,70 och jag kände mig trygg av att ha honom med i gänget.

Gruppen hade bestämt sig och satte fart mot gränden där de försvann, vi halvjoggade och sprang runt hörnet och plötsligt fick vi se Filip intryck mot väggen med en av de stora danska killarna hållandes ett enhands strypgrepp runt halsen på honom. Alla i gruppen såg och chokades av det övervåld som vi nu fick se. Vi förstod att Filip kämpade för sitt liv och hade ingen chans mot de tre danska killarna. Jag blev igen påmind om hur stor den ena av dem var, han måste gå på anabola eller något för detta var inga vanliga träningsmuskler från gymmet. Han var alldeles för stor.

Jag fick se Fredrik formligen kasta sig fram mot den mellanstora dansken och skicka iväg en knuff på honom, dansken tappade balansen och vacklade flera steg bakåt. Denne dansken hade en drake tatuerat på halsen, han vägde ca 100 kilo och var 1,90 lång. Den mellanstora dansken stegade bestämt tillbaka mot Fredrik men denna gång kom jag emellan och stod blick mot blick med den tatuerade dansken som inte tvekade utan slog en högerswing emot mig, jag duckade och parerade samtidigt med vänsterarm och jag kände hans höger näve nuddade min vänsterarm och även mitt huvud. Jag hade undvikit den mesta kraften i slagen men ändå gjorde det ont och jag studsade bakåt så snabbt jag kunde för att komma ur räckhåll. Under tiden kände jag hur andningen ökade markant och nervositeten for genom kroppen. Allting gick sakta som i slow motion och till slut förstod jag allvaret i det hela. Det var ingen lek längre som det brukade vara utan de här danska grabbarna var ute efter att skada eller ännu värre. Jag levde i min naiva bubbla om att alla ville alla väl men så var det ju inte alltid i verkligheten. Mannen kom emot mig och hade siktat in sig, han slog en rak vänster mot mig som jag lätt backade undan för vilket ledde till att han tog ett steg fram och riktade en slagserie med knutna nävar. Jag duckade för hans högerswing, sedan kom direkt en rak vänster som träffade mig nästan på näsan men jag parerade med att vika ner huvudet. Slaget gjorde ont och jag backade ett steg för att undvika en ny höger ifrån mannen. Efter att ha parerat skickade jag in min höger swing mot hans ansikte och träffade denna gång på hans näsa och vänstra kindben. Dansken fick ont men verkade bli helt galen istället och vevade utom kontroll med armarna medan jag bara backade. Plötsligt blev han trött och denna gång sparkade jag snärtigt och kontrollerat rakt mot hans skrev vilket medförde att hans överkropp böjde sig framåt bara för att mötas av min högernäve på samma ställe som sist. Denna gång såg jag att min manöver hade gett resultat, sparken hade träffat och dansken hade ont. Han backade flera steg och detta var min chans att få ner honom.

Min puls var i topp men jag kände att jag hade lite ont i handen och kom på att jag glömt en av Krav Magas regler, att inte slå med knuten näven, men MMA höll i sig. Jag hade under flera år tränat olika former av kampsport och blivit duktig på vissa strategier inom dessa. Min styrka var just att ha upplevt olika kampsporter och därmed tagit det bästa av grenarna som passade mig. I MMA var det absolut förbjudet att sparka någon i skrevet till skillnad mot Krav Maga då detta var självförsvarsgren. I stridens hetta hade jag använt mig av knuten näve vilket hade gjort ont på mig men samtidigt hade jag fått lite längre räckvidd och träffat med mitt slag. Min motståndare var nu lätt förvirrad och jag kunde utnyttja Krav Maga slaget med öppen handflata istället för att inte skada min hand mer än nödvändigt.

Jag närmade mig motståndaren igen och hann under pausen uppfatta att Fredrik låg illa till mot den störste blonde killen. Fredrik hade tydligen gått in med råkraft mot denna dansk. Slagen hade haglat ifrån båda sidor och bägge hade träffat varandra. Till slut hade den store killen träffat Fredrik med ett slag rakt mot käken samt ytterligare ett mot näsan. Jag såg att blodet flöt och den blonde sluggade med fruktansvärd kraft ett slag rakt i tinningen på Fredrik som gick i backen. I detta läge hade Bertil och Carl vaknat till och bägge försökte samtidigt

92

ge sig på den store dansken och skydda Fredrik ifrån sparkar. Carl som bara vägde 70 kilo och var orienterare gav sig in i en ojämn kamp, den store dansken fick tag i Carls tröja och formligen krossade näsan på första slaget. Jag såg att Carl var medvetslös och huvudet bara hängde men dansken slutade inte slå utan fortsatte och huvudet bara for fram och tillbaka. Den enda som kunde rädda Carl var Bertil. Och Bertil var inte sen med att reagera men frågan var om det räckte. Bertil som vägde 90 kilo var mycket större än Carl. Samtidigt som Bertil gick på dansken blev Carl misshandlad med kraftiga slag på revbenen. Då den store anabolamannen till slut släppte taget om Carl var denne medvetslös och föll handlöst till backen. Fighten stod mellan Bertil och den blonde anabolamannen. Bertil matade in slag efter slag och anabolamannen såg ut att vackla ett tag när han plötsligt för ner handen i fickan och tar upp någonting! En sekund senare blixtrar det till ett blad i den blondes hand! Bertil blev livrädd och hoppade undan samtidigt som den blonde gjorde ett utfall som träffade rakt i sidan på Bertil. Bertil skrek av smärta och Leo och Sigge sprang in och skrek samtidigt som de fick tag i Bertil som segnade ner på knä. Anabolamannen sprakade Bertil rakt i ansiktet som stöp rakt i asfalten, även han medvetslös.

Leo kastade sig fram och försökte skydda Bertil, då snurrade anabolamannen bara på kniven och högg Leo rakt i delta muskeln och ner i ryggen, Sigge stod en meter ifrån och skrek sluta. Den blonde tog tag i huvudet på Leo och drog ner det samtidigt som han knäade. Leo svimmade av och kvar var bara en hysteriskt skrikande Sigge och jag.

Jag passade på att anfalla min motståndare som fortfarande var förvirrad. Jag attackerade med ytterligare en spark mot underlivet och mannen hade fullt upp med att försvara sig mot detta att han lämnade sitt huvud utan försvar vilket jag utnyttjade. En stenhård högerkrok träffade mannen rakt i tinningen och han blev groggy och vacklade samtidigt som jag följde upp med en rak vänster med öppen handflata mot näsan. Tog ett steg framåt och slog ett hammarslag mot mannens huvud. Jag måste sänka honom och rädda Filip som fortfarande stod med ett strypgrepp om sig men hade fallit ner på knä. Jag studshoppade in ett thaiknä mot hans solarplexus vilket medförde att mannen vek sig som en fällkniv och ville springa därifrån! Jag stoppade honom, tog tag i hans öron och drog ner hans huvud samtidigt som jag ytterligare riktade två thaiknän mot mannens huvud. Detta var den fullständiga knockouten på denna stora kille i 100 kilos klassen. När jag släppte hans huvud föll han bara rakt ner.

Jag vände mig om och såg Filip närmast mig se helt blå ut i ansiktet, denna tredje man som höll på att strypa honom verkade lita på sina kollegor. Jag var fast besluten på att ta honom ur spel och denna gången var jag arg! Allt hade släppt, smärtorna och nervositeten hade gått över i ren ilska och överlevnadskraft. Den här jäveln som gillade att plåga människor skulle få sig en omgång! Jag ville sänka honom direkt och detta med det thaiknä som jag sänkt den tatuerade killen med! Jag stod i fel vinkel, jag är ju högerhänt och var tvungen att springa runt mannen så att jag kom på rätt sida, jag tog satts och sprang emot honom och satsade på att knäa honom i tinningen för att omedelbart knocka honom, två meter kvar och jag tar enorm satt och flyger med knäet i luften! Mannen ser mig i ögonvrån och parerar. Knäet träffar på axeln istället och jag tappar balansen och far förbi genom luften. Jag landar inte som en katt på fötterna utan landar på sidan samtidigt som jag tar emot mig med foten på ett sätt som jag lärde mig i Hanmoodon. Jag kommer snabbt upp på benen och överblickar situationen, Filip håller på att dö, han kan inte ha mycket kvar och ser helt blå ut i ansiktet, den jäveln slutade inte. Jag ser rött och rusar mot mannen och hoppar upp på honom bakifrån, tar ett inövat strypgrepp på honom precis så som jag gjorde i MMA. Jag för överarmen runt hans hals men vet att jag aldrig kan strypa ut honom om jag inte låser greppet mot min vänstra handled. Höger hand greppar om min vänstra handled samtidigt som jag pressar mannen hals framåt och blockerar luft och blodtillförseln till hjärnan. Mannen börjar röra sig oroligt men släpper inte greppet runt Filip som formligen håller på att dö framför mina ögon! Men jag har ett suveränt och mycket effektivt strypgrepp på dansken och detta får mannen att vingla efter 4 sekunder. Efter 6 sekunder tappar han greppet om Filip som suger in luft i lungorna och får tillbaka sin färg i ansiktet. Den danske stryparen får känna på sitt eget grepp och sjunker ner på knä.

Stryparen försökte med kraftiga slag armbåga mig men hade ingen chans utan svimmar av och jag släpper greppet efter ytterligare en sekund. Han borde klara sig, han är bara tillfälligt avsvimmad. Jag vänder mig om och försöker analyserar situationen och ser en makaber syn framför mig. Leo, Bertil, Fredrik och Carl ligger eller halvsitter jämrandes i plågor framför mig och jag förstår att Sigge precis har blivit knockad av den stora anabolamannen som gör som jag i denna situation och får se sina kollegor ligga utslagna på backen. Denna stora man har fällt fyra av mina kompisar och hans ögon faller på mig och han pekar på mig och säger!

- Din kompis har en skuld att betala. Förstår du det?! Alla spetsar öronen av mina kompisar. Han har en skuld på 700 000 att betala för sina kokaininköp och de skall han betala nu! Ni lämnar inte landet förrän den skulden är reglerad, hör ni det era svenskjävlar!

- Men vi vet ingen om någon skuld?

- Fråga din kompis, där! Den lilla kokainsniffaren om han vet något? Han vet mer än du tror! Han har varit skyldig oss det länge. Nu har han fått sin chans att betala och gör han inte det så kommer han aldrig tillbaks till Sverige!

- Men så mycket pengar vet jag inte om han har.

- Det här är ingen bank som man kan lägga upp betalningsamortering på varje månad utan vi vill ha 700 000 kr i dansk valuta kontant annars behöver vi inte köpa fisk mat denna vecka. Vi vet att grabben har ett välbetalt jobb så han kan få fram pengar och det är dags att han tar ansvar för sina handlingar nu. Vi har väntat tillräckligt länge!

- Säg något Filip!

- Jag har inga pengar nu. Jag har bara pengar i Sverige och det är där som jag kan få tag på dem sa Filip, medan han hade händerna kvar runt sin hals som för att skydda den.

Under tiden hade de flesta vaknat till i gänget, men även de två andra danskarna. Den sista dansken som jag strypt ut hade tagit fram en batong som han viftade med, han var omtumlad men såg förbannad ut. Det var en bajonettbatong som gick att fälla ut i några steg. Den var oerhört effektiv och lätthanterlig och jag visste inte hur detta skulle sluta. Men så länge som den störste dansken pratade var det ingen fara.

- Är detta sant Filip? Sa jag!

- Filip vred sig och svarade inte.

- Är det sant skrek jag i örat på honom!

- Ja det stämmer. Jag har använt mig av koka-
  in på fester och till slut blev jag beroende av
  drogen och kunde inte sluta! Det har varit
  ett helsike! Jag kan inte hjälpa det men jag
  har ju köpt allt i Sverige.

- Den danske anabola mannen tog ord igen!

- Ja men det är vi som levererar till Sverige
  och de som har stora skulder där och som
  inte har betalt har vi all anledning att ta
  hand om eftersom det är våra pengar i
  grund och botten! Det är vårt nätverk i Sve-
  rige som har slarvat och inte drivit in skul-
  den men när du handlade på puben och an-
  gav ditt kundnummer så visste vi precis

vem du var och vad du hade för skuld! Nu
är det dags att betala igen den fattar du! Om
ni inte betalar så kommer vi inte att jobba
ensamma nästa gång!

- Nej, ni verkar ju behöva hjälp, sa jag.

- Håll käften! Var glad att du står upp! Om
du är så stor i käften så kanske du har vett
på att fatta vad detta handlar om och ser till
att vi får betalt i kontanter! Det ligger i vårt
intresse att få in pengarna, fattar du! Vi ser
helst att det går smärtfritt till men om man
inte fattar och vägrar betala sin skuld så
kommer vi aldrig att ge oss!

- Ja jag förstår. Men jag har inget med detta
att göra.

- Du är inblandad nu så det är bäst att du ser
till så att din kompis betalar! Förstår du!

Den tatuerade dansken hade kommit
närmare mig och det var bäst att prata sig ur lä-
get. Hans kompis som jag strypte ut såg helt ga-

len ut av ilska. Han närmade sig och var bara tre meter bort med den utdragna stålbatongen. Han såg hotande ut samtidigt som den store blonde anaboladansken närmade sig med sin stilett i utdraget läge! Alla tre danskarna närmade sig mig och Filip hotfullt.

- Som sagt att jag kommer att släppa er men ni ser till att betala före ni lämnar Danmark! Har ni förstått!?

Dansken med batongen närmade sig och måttade ett slag mot min överarm och jag skrek till, nästa slag gick rakt mot högerbenet vilket gjorde att jag vek mig framåt och såg i ögonvinkeln kommande slag träffa mig i huvudet och därefter blev allt svart.

Kapitel 8

Jag vaknade upp till en fruktansvärd huvudvärk. Sakta började jag massera min högra tinning, den värkte och jag blinkade med ögonen för att få kontakt med verkligheten. Efter ett tag hörde jag gnällande och började liggande titta mig omkring. Jag kunde se hur hela gänget omkring mig var skadade. Jag tittade efter de danska gärningsmännen men kunde som skönt var inte se någon alls i sikte. De var borta. Sakta reste jag mig upp till sittande ställning lutandes emot tegelväggen. Vi var fortfarande inne i gränden som var rätt liten och ingen verkade ha sett händelsen.

Jag började fundera på hur vi skulle komma ur denna situation och tittade på grabbarnas skador runt omkring mig, det första jag fick se var stackars Sigge som hade stått och skrikit rakt ut. Hans kind var uppsprättad tre centimeter rakt in ifrån mungipan och blodet flödade överallt, han kunde knappt gapa utan det verkade som om käken hade gått av på honom! Det var en fruktansvärd syn att se honom livrädd. Mina blickar vandrade till Leo som satt på knä med en förmodad hjärnskakning och knivskada i axeln, han behövde snabbt stopp på blödningen. Carl hade garanterat hjärnskakning efter de smällar han fått och kanske också nackskador eftersom huvudet hade åkt handlöst fram och tillbaks. Bertil hade blivit knivhuggen och tog sig i sidan samtidigt som ansiktet hade fått en spark. Måste stoppa blödningen på Bertil. Fredrik som blivit knockad verkade ha kommit på benen och klarat sig bäst, han var fortfarande förbannat och gick runt och svor. Filip satt på huk och höll sig om halsen.

Vi behöver läkarvård tänkte jag, någon måste ringa ambulans. Jag förklarade vägen för Jenny och hon var på plats med resten av tjejerna efter 5 minuter och lyckades ringa efter ambulans.

- Jösses vad är det som har hänt? Frågade Jenny.

- Jag vet inte! Det här var ju inte vad vi har tänkt oss. Jag trodde att detta skulle bli en lugn helg. Men vad har hänt här, det ser ju ut som ett slagfält.

- Hur är det med dig?

- Jag har ont i överarmen och huvudet, det känns som en hjärnskakning av mindre slag samt bulan i huvudet är inte liten. Det smärtar stickande i överarmen också!

- Vi har ringt ambulans och de är snart här samt två av tjejerna är undersköterskor.

- Ja det var ju skönt att höra, får de stopp på blödningarna hos Leon och Bertil?

- Ja de håller på med tryckförband just nu men det är väldigt provisoriska förband så att det gäller att ambulansen kommer snart!

Plötsligt hördes en siren och en bil stannade utanför men det var inte ambulansen vilket vi trodde, det var polisen. Ur bilen kom det två polismän. En kvinnlig och en manlig polis och de började ställa frågor på danska men jag hade väldigt svårt att förstå danskan.

- Och vad har hänt här då? Sa den manliga polisen till mig

- Vi har blivit överfallna, sa jag.

- Har ni någon kännedom om de som gjorde detta?

- Nej inte direkt.

- Kan ni ge ett signalement på gärningsmännen?

- Ja det kan jag, sa jag. De var tre stycken och en av dem var otroligt stor och någon form av bodybuilder som förmodligen har tagit preparat eftersom man inte kan bli så stor annars. Han hade även ett par ärr, ett vid halsen och ett vid tinningen mot hårfästet.

- Var han ljushårig?

- Ja det var han!

- Hur lång och vad tror du han vägde?

- Runt 1,95 och kanske 120 till 130 kg tung minst samt han hade en riktig tjurnacke!

- Jaha det kanske vi vet vem det är! Om det stämmer så är det inte första gången som han förekommer i sådana här tillställningar! Har ni haft någon kontakt med kriminella eller kriminella kretsar av någon anledning?

- Nej.

- Ok och fanns det någon mer som överföll er?

- Den jag kallar stryparen höll stryptag på Filip här och höll på att ta livet ur honom! Han var mörkhårig och 1,80 samt 85 kilo. Han var mycket otrevlig och verkade manisk nästan drogpåverkad egentligen när jag tänker på det. Undra om han var det?

- Jaha ok vi skriver upp det, fanns det någon mer gärningsman.

- Den tatuerade killen ca 1,90 samt 100 kilo tung och hade en tatuering vid halsen. Han var också aggressiv men använde inte några tillhyggen vid överfallet utan slogs enbart med nävarna till skillnad mot den blonde store som använde sig av kniv och är skyldig till de där knivöverfallen!

-	Jaha och ni känner inte igen någon av männen eller vet på något sätt varför detta hände?

-	Nej jag vet inte, sa jag.

Jag visste inte vad jag skulle säga men alla hade ju hört konversation med männen och någon av de andra skulle säkert ta upp det som sades. I detta läge fick ju var och en prata för sig även om jag egentligen tyckte att de bästa vore om vi kunde lösa den här skulden till de som levererat drogen. Men varför tänkte jag i dessa banor då? Jo det är klart att man skall betala en skuld om man har kommit överrens om ett belopp, så gör ju alla affärsmän. Men var detta sant då? Det fanns en hel del frågor att fråga herr Filip. Det var ju också att han satt oss i denna situation. Kolla på oss, grabbarna skadade och helt utslagna.

I samma skede så anlände ambulansen äntligen med ljudande sirener. En man och en kvinna satte fart och de var blixtsnabbt till hjälp. De spanska tjejerna och Jenny som hade haft fullt upp med att stoppa blödningarna på Leo och Bertil. Äntligen fick vi hjälp och det kändes bra. Filip hade en hel del att svara på och förklara sig för gruppen och det var inte säkert att vi kunde ha honom kvar. Hur skulle de andra killarna ha empati för honom när han försatt dem i den situationen att de hade svåra skador. Poliserna fortsatte förhören med Fredrik som vaknat till och gick runt och vaggade samt tog sig för huvudet med förmodad hjärnskakning. Fredrik fick under tiden svara på samma frågor som jag och han svarade ungefär samma fast han nämnde att den blonde hade sagt att Filip var skyldig honom pengar. Poliserna diskuterade med varandra och såg misstänksamma ut, de kom fram till mig och sa att de ville fortsätta förhören då situationen lugnat sig. Ja sa jag och började prata med Jenny!

-   Vilken tur att ni var här! Ni har varit så duktiga på att ta hand om oss ju.

-   Javisst var det, sa Jenny. Men detta är ju förskräckligt. Brukar ni ha det såhär?

-   Nej verkligen inte! Detta har jag aldrig varit med om förut! Vi brukar ha det trevligt på våra tillställningar. Och så händer detta! Inget vidare alls. Hur går det med Bertil och Leo?

-   Ambulanspersonalen verkar ha fått stopp på blödningarna! Titta på Bertil, nu tar de upp honom på båren. Nu kommer två ambulanser till och en polisbil.

Under loppet av tio minuter strömmade det till poliser och sjukhuspersonal, Leo och Bertil var snart på väg till sjukhus. Sigge skrek av smärta och blodet rann nedför halsen på honom. Stackars Carl var vid medvetande men hade fått en nackkrage placerad runt halsen och klagade högljutt på smärtor i huvudet. Det var inte konstigt att grabbarna hade ont, hoppas verkligen inte de skulle få bestående skador.

En efter en försvann gänget ifrån platsen och till slut var det bara jag, Fredrik och Jenny samt två poliser kvar på platsen som kontrollerade brottsplatsen. Snart anlände den sista ambulansen och Fredrik, jag och Jenny fick ta plats. Efter 15 minuters färd anlände vi till sjukhuset.

Kapitel 9

Efter att ha rullat fram i korridorerna så kördes vi in i ett mottagningsrum. Fredrik hade de lagt in i ett angränsande rum med personal som övervakade honom.

- Ja, det var ju inte så här direkt som jag hade tänkt tillbringa semestern, sa Jenny.

- Nej inte jag heller, sa jag.

- Hur är det? Gör det ont?

- Ja det gör allt ont!

- Men har du ont i huvudet? Du har nämligen en stor bula vid tinningen också!

- Ja.

Jag kände mig sakta med den friska vänsterarmen över huvudet och upptäckte en elak svullnad.

- Aj, den var större bulan än jag trodde!

- Ja den ser verkligen inte bra ut!

Samtidigt öppnades dörren och en läkare med vårdbiträde kom in.

- God dag. Jag heter Jens Asbusen och är läkare här på Frederiksbergs sjukhuset. Hur står det till med er då?
- Jo tack. Bra efter omständigheterna.
- Jag ser att du har en svullen arm, är det där du har ont?
- Det är armen och huvudet som värker.
- Ok jag kommer att undersöka dig och ställa lite frågor! Har du huvudvärk eller känner dig yr på något sätt?
- Ja jag har huvudvärk och känner mig lite ranglig, särskilt när jag står upp!
- Kan du göra de rörelserna som jag gör nu?

Jag följde doktorns rörelsemönster så gott jag kunde men ibland saknade jag kontroll och kände mig lite illamående.

- Jag känner yrsel och illamående.

- Ok vi gör så här att vi låter dig stanna över
  natten för observation och så får vi se
  imorgon hur du mår. Är det ok?

- Ja det får det bli så.

- Ok, jag skall titta till din kompis sedan får
  ni en ny avdelning.

Det kom en sjuksköterska och rullade min bår
vidare genom lokalerna, Jenny gick bredvid och vi
kom snart till en ny avdelning. Jag undrade hur de
andra hade det? Det rummet som de lagt in mig på
verkade bra.

- Jag måste gå ut och ringa de andra tjejerna!
  sa Jenny.

- Ja gör det.

Efter att tag kom Jenny tillbaks.

- Jag stannar hos dig en timme till men sedan
  måste jag nog gå.

-   Ja men det var jättegulligt av dig att du ville följa med. Tack skall du ha vännen för att du och dina kompisar har ställt upp på oss. Jag är jättetacksam, det var tråkigt bara att det skulle sluta så här!

-   Ja det var ju inget som man räknat med.

Kapitel 10

Tiden gick och Jenny och jag småpratade, ibland värkte skallen så att jag bara ville somna men det fick jag inte för sjuksköterskan. Det var bra att ha Jenny bredvid mig för hon aktiverade mig lite hela tiden. Vi pratade om Spanien och Sverige samt olika semestermål men även Barcelona, staden där hon bodde. Hon var nämligen bosatt både i Sverige och Spanien vilket för mig var en lyx men för henne var det bara naturligt. Hon verkade välja att bo i Spanien på sommaren och när det var för kallt i Sverige. För mig lät det som en lyxlösning. Det bästa Jenny visste var att sitta på någon av de soliga stränderna i Barcelona eller ligga vid poolen och sola. Hon var ett riktigt vattendjur som var duktig på att simma, crawl var hennes specialitet. Simning var mycket roligt och ett väldigt bra sätt att hålla formen på. I sina unga år hade Jenny tävlings-simmat och det var där hon lärt sig uthållighet och tävlingsnerver. Efter många envisa timmar i simbassängen klarade hon krål, ryggsim, bröstsim och fjärilsim.

Det var väldigt kul att Jenny och jag hade samma intresse, satt jag still med huvudet gick det bra att lyssna och prata.

Den timmen som Jenny kunde sitta med gick väldigt fort och jag hade inte mycket smärtor, armen hade slutat svullna men fått olika färger vid slagets träffpunkt. Jag kände mig under omständigheterna bra, tyvärr var Jenny tvungen att uppsöka sina kompisar. Vi kramade om varandra och hon vinkade vid dörren och försvann.

Kapitel 11

Sjukhuslokalen var målad i vitt överallt och golvet var lite grått, det fanns tre sängar på mitt rum men alla var tomma för tillfället. Vid slutet av rummet så fanns det tre stora fönster som täckte hela sidan och utanför kunde man se staden Köpenhamn torna upp sig.

Jag var helt ensam i sovsalen i ungefär en timme efter att Jenny gått till hotellet, plötsligt öppnades dörren och Fredrik med sjuksyster kom in. Fredrik hade lugnat ner sig nu, han kanske hade fått medicin, nu kunde man få kontakt med honom igen!

- Hej Fredrik! Hur är det?

- Hej Anders! Jag fick lugnande medicin så nu känns det bättre. Jag har ont i huvudet dock efter smällarna. Hur har det har gått för de andra?

- Vet inte. Har du hört något?

- Nej men jag såg troligen Sigge på håll. Jag
  kunde inte prata, de drog iväg mig till un-
  dersökningsrummet. Jag var uppe i varv då
  också.

- Ok men annars är det bra eller?

- Ja! Nu mår jag bättre i alla fall. Det var så
  jobbigt, jag kunde inte varva ner.

- Ok! Jag förstår! Vi får väl vila lite nu och
  hoppas på att det går bra för de andra!

Rätt som det var knackade det på dörren och in
kom en medelålders man. Jag tittade på klockan
och den var ett på natten.

- Hej! Mitt namn är Hans Andersen och jag
  är kommissarie hos Köpenhamnspolisen.
  Jag hörde att ni var vakna. Hoppas inte att
  jag stör utan kan samtala med er en stund?

- Javisst, sa jag. Det går bra.

- Vi har gripit de männen som överföll er
  och de sitter i häktet. Gripandet gick lätt

och vi visste genom ert signalement nästan genast vilka de var.

- Ja vad bra! Det var verkligen skönt att höra, efter allt som de har åsamkat oss. Det är mycket smärtor och lidande för oss.

- Ja vi är ledsna över era skador, hoppas de läker bra! Kan jag ställa några frågor?

- Javisst.

- De här männen är kända torpeder och indrivare som jobbar för den kriminella världen. Jag frågar helt kort om ni har haft något samröre med kriminella? Det är oftast skulder som de driver in. Har ni haft någon skuld till dessa personers företrädare?

- Varken jag eller Fredrik har haft någon kontakt med dem på något sätt. Vi har däremot en ny kille i gruppen, Filip. När vi blev överfallna så började den store blonde killen att tala om att Filip var skyldig pengar för kokainköp. Det var först då vi fattade

vad det handlade om. Han sa också att vi
skulle betala 700 000 kr i dansk valuta före
vi lämnade Danmark.

- Ja då är det som vi misstänkte att ni har
handlat droger ifrån maffian och de kända
kanaler som de har. Detta var ju inte bra
grabbar. Vet ni att Filip har köpt något?
Har ni fått det bekräftat ifrån honom?

- Ja han har sagt att han har köpt kokain till
fester men sedan blivit beroende av drogen
och köpt det mer ofta. Till slut har han
förmodligen förlorat kontrollen.

- Ok.

- Har ni några råd om hur vi skall komma ur
denna knipa?

- Ja ni är inte de första personerna som drab-
bas. Vi råder alltid officiellt att inte handla
med kriminella och att inte använda sig av
droger. Nu har ni redan hamnat i denna si-
tuation och jag kan bara som privat person
råda er att betala skulden där ni tagit den.

Det är dock inget som jag säger som polis-
man. Förstår ni?

- Ja vi förstår.

- Detta är bara mitt personliga råd. Betala för
det ni köpt men inte för någon ockerränta.
Många lägger på mer och mer ränta ju läng-
re tiden går. Om ni har bra kontakt med er
lokala köpare stannar han kanske vid köpe-
summan. Det verkar som er skuld blivit of-
fentlig inom den undre världen och då kan
vem som helst driva in den. Den som är
först till kvarn får delar av skulden och in-
drivningskostnaden. Åk hem annars kan
summan trappas upp. 700 000 kr är en an-
senlig summa pengar, är det den summan
som han har handlat för? Vet ni det?

- Nej.

- Ok. Det får ni fråga honom om sedan. Det
kan ju hända att den summan är rejält
pålagd så att den danska maffian skall tjäna
pengar. Angående Filip så är det ju viktigt

att ni får in honom på en drogrehabilitering.
Annars så kommer han att fortsätta med
missbruk. I Sverige har de väldigt duktiga
kliniker inom området bara han själv är vil-
lig till att bli bättre.

- Ja, det måste vi ju hjälpa honom med.

- Hade ni några frågor om detta?

- Nej!

- Ok! Det är ju sena timmen och jag skall låta
er vila. Krya på er så får vi hoppas att vi in-
te ses mer. Hejdå.

- Hej.

Polisen lämnade rummet och det blev tyst i
rummet och till slut sa Fredrik.

- Ja vi får åka hem och lösa detta. När de
andra killarna är bättre så får vi prata med
dem.

- Ja det får vi göra. Vi får vila oss till dess

Kapitel 12

Det hade gått två dagar sedan misshandeln och fortfarande var alla inlagda på sjukhus. Jag, Fredrik och Filip ansågs så friska att vi kunde lämna sjukhuset denna dag men först skulle vi träffa alla de andra i Sigges sjukrum och ha ett litet möte. Sigge hade opererat käken och genom personalen hade vi hört att allt gått bra med Sigge, Leo och Bertil. Leo hade fått vård för sin knivskada, inga viktiga organ hade skadats. Detsamma gällde Bertils knivskada i magen. Bägge var sydda och på bättringsvägen. Vi knackade på Sigges rum och hela gänget var samlat för första gången efter miss-handeln. Det var rörda miner - en del blev sentimentala och lite ledsna - men det gick över efter första skämtet. Vi berättade att poliskommissarie Hans Andersen hade varit på besök, sedan återberättade vi exakt vad Kommissarien sagt. Det blev tyst en stund sedan tog Bertil till orda.

- Jag tycker att det är viktigt att du får vård Filip! Kommer du att ta emot vård eller kommer du att strunta i det?

- Nej jag förstår att jag har satt er och mig själv i en fruktansvärd situation! Jag vill ju verkligen inte vara beroende av kokain när jag sett konsekvenserna av det. Jag ber er alla om ursäkt för att jag satt er i denna situation. Förlåt!

Det blev tyst ett tag i rummet. Bertil tog till orda igen.

- Angående skulden så tycker jag vi reglerar den så fort som möjligt enligt konstapelns råd och då i Sverige där Filip köpt sina varor. Har du pengar Filip?

- Nej inte i kontanter. Jag måste först belåna mitt hus bland annat för att kunna få loss sådana summor. Jag måste till banken i Sverige.

- Du kan inte låna hos någon annan kredit-
givare? Kreditkort eller liknande? För det är
ju akut liksom!

- Ja det kan hända att det krävs också.

- Ok! Vi köper det att du skall låna i din bank
hemma samt ytterligare lösningar men detta
måste gå fort!

- Ja.

Rummet var tyst en stund och Bertil tog till
orda igen.

- Vi har ju fått ett råd ifrån polisen och det är
ju att åka hem och reglera skulden. Jag kan
tänka mig att alla inte hellre vill än att åka
hem just nu. Är det så?

Alla i rummet nickade eller svarade jakande. Jag
lade fram min plan.

-    Jag föreslår att hem resan görs i två grupper
eftersom jag, Fredrik och Filip nu är utskri-
vna medan Bertil, Carl och Sigge kommer
ut i morgon. Det är väl bara att ta tåget över
bron och hoppas att de hot vi hört bara var
tomma. Jag, Fredrik och Filip försöker ta
tåget över idag direkt efter utskrivning ifrån
sjukhushuset. Vi samlas väl i Sverige när
detta lugnat ner sig.

Alla i rummet började småpratat och ta farväl
av varandra. Vi kramade om varandra och jag, Filip
och Fredrik vandrade ut ifrån rummet vinkandes
farväl.

Kapitel 13

Efter att ha lämnat Frederiksbergs sjukhus bakom oss styrde vi taxin direkt till stationen. Bilen stannade på taxirutan utanför och Fredrik betalade. Vi gick in på stationen som var full av folk. Vi passerade några uteliggare som tiggde pengar och sålde faktum.

- Skall det vara en Faktum mina herrar?

- Nej tack (sa jag). Vi har bråttom.

- Jag tycker jag känner igen er mina herrar.
  Är ni lysta? Jag tror bestämt att ni är det.

- Vaddå lysta? (sa jag och tittade frågande).

Mannen undvek blicken och drog sig undan.

- Vad menade han med det?

- Jag vet inte, sa Fredrik. Inget att bry sig om.

Tidtavlorna visade tågtiderna och inget tåg till Malmö förrän om en timme. Vi var tvungna att vänta. Vi gick bort till biljettförsäljningen och köpte var sin biljett till Malmö.

- Ok vi sätter oss här och väntar (sa Fredrik).
- Ja det gör vi (sa jag).

Vi slog oss ner på en bänk alla tre och väntade i en halvtimmes tid. Plötsligt kom det fram två män, de såg ut att komma ifrån södra Europa. Den ene började prata och bröt på jugoslaviska.

- Hej grabbar! Ni kan komma med oss nu så får vi prata lite!
- Vaddå? sa Fredrik.
- Det är bara att komma med här.

Samtidigt så vek han ut jackan. Bakom jackan såg man pistolen i ett hölster. Vi tittade på varandra och började skruva på oss. Vi reste oss sakta och följde med mannen. De gick ut ifrån stationen och placerade sig på en sidoplats där det inte var så mycket folk.

- Ni förstår grabbar att vi tar inga risker med er längre. Bråkar ni får ni problem. Ni är tydligen duktiga på att slåss med tanke på två av våra män. Denna gång har vi försäkrat oss om att det inte blir handgemäng, i så fall får ni smaka på puffran! Ni skall betala 700 000 i danske kronor till oss! Har ni pengarna här? Det är bara att betala och ni lämnar inte Danmark förrän affären är avklarad. Vi har lagt alldeles för mycket pengar på er nu och vi vill ha betalt för det arbetet.

- Vi har inga pengar (sa Filip).

- Men då får ni fixa fram det då!

- Vi skall när vi kommer till Sverige.

- Där jobbar inte vi, jag vill att ni betalar här och nu!

Fredrik tittade nervöst på klockan och det var bara tio minuter kvar till att tåget gick. Jag tänkte samma som Fredrik, att rusa på tåget. Mannen liksom läste tankarna och sade.

- Det är ingen ide att ni tar tåget! Vi har ändå era vänner kvar på sjukhuset! Om ni sticker så tar vi dem! Så glöm det! Betala bara!

De två männen vände på klacken och gick därifrån. Vi stod spaka kvar och undrade vad vi skulle göra.

- Vi måste stanna och vänta på resten av gänget! Alla måste ut samtidigt (sa jag).
- Ja (sa Fredrik), de kommer att sänka Sigge annars.
- Kom vi är tvungna att ta ett hotellrum tills vidare. Finns det något billigt häromkring?

Efter att ha hittat ett hotellrum i de sämre kvarteren i Köpenhamn så började vi planera.

- Jag har en ide (sa jag).

- Ok vaddå (sa Fredrik).

- Stationen är ju avstängd och därifrån kommer vi inte ut! Ni kommer ihåg vad Faktum killen sa. Är ni lysta sa han, och sedan kom det två gorillor efter en halvtimme. Den där Faktum killen fick säkert en peng. De kan till och med skickat ut foto via mobilerna. Hur skulle de annars ha känt igen oss?

- Ja något skumt är det ju. De verkar ha koll på oss hela tiden!

- Resten av grabbarna kommer ut imorgon, vi hinner rekognosera till dess. Mitt förslag är att vi tar en båt.

- En båt över sundet?

- Javisst det är ju inte så långt för rätt båt inte! Vi sticker på morgonen med resten av killarna. Är vi bara tillräckligt tidiga så bor-

de det inte vara några problem. Är alla med
på detta?

- Ja (sa både Filip och Fredrik).

- Ok då kan ni besöka killarna på sjukhuset
igen och meddela att vi sticker imorgon,
under tiden så hyr jag en båt i hamnen! Det
borde inte vara några problem. Denna gång
viftade inte torpederna med nävarna utan
med en pistol! Det bådar inte gott. Nästa
gång kan de bara skjuta ner oss helt enkelt!

- Vi kanske skall ringa kommissarien också
och meddela vad som hänt.

- Ja det var en bra ide. Vi måste ju få hjälp.

Jag letade upp polisens nummer på hotellets da-
tor. Jag gick direkt tillbaks till rummet och ringde.

- Polisen.

- Ja jag skulle vilja tala med poliskommissarie
Hans Andersen.

- Javisst ett ögonblick.

- Hans Andersen.

- Ja hej detta var Anders Johnsson. Vi träffades på sjukhuset senast.

- Jaha ja. Hej. Har inte ni åkt tillbaks till Sverige än?

- Nej vi råkade ut för en incident på stationen. Det var beväpnade män där som hotade oss. Vi skulle behöva beskydd för att kunna ta oss hem till Sverige igen.

- Jag förstår. Så ni klarade inte ens av att ta er hem till Sverige igen. Har ni köpt mer kokain eller? Det är klart att ni blir hotade om ni bara håller på att kröka hela tiden och inte betalar era skulder. Jag föreslår att ni slutar med droger. Skall vi bevaka varenda person som köper droger så skulle vi inte ha något annat att göra. Medborgarnas skattepengar behövs till mer rationella saker än beskydda drogmissbrukare!

- Vi är inga drogmissbrukare!

- Nej det säger alla som handlar med droger.

- Men ni får väl ge oss det beskydd som vi behöver.

- Jag bedömer att ni har fått sjukvård och den normala polisiära hjälp som ges i sådana här fall och vi har inte mer resurser att avsätta.

- Nehej. Är det så du tycker så kan jag ju inte göra mer. Men är inte det väldigt dålig stil?

- Du jag har lite att jobba med här och var det inget annat så föreslår jag att vi avslutar samtalet.

- Hej!

- Hej!

Grabbarna var mållösa och kände sig väldigt stressade efter att ha hört konversationen.

- Vi har ingen polis att räkna med alls (sa Filip).

- Jag vet inte om jag klantade mig men någon annan får gärna försöka ringa?

- Ja men vi hörde ju, han lät väldigt avvisan-
de.

- Ja! Vi får ta andra planen helt enkelt, den
går nog bra. Om vi smiter via båt får de ald-
rig tag i oss. Det är bara en timme över se-
dan är vi i Malmö igen.

- Ok vi kör på det! Vi klarar detta själva. Vi
sticker iväg till sjukhuset för att varna
Bengt, Carl, Leo och Sigge.

- Jag sticker till hamnen men först måste jag
ringa mitt gamla jobb.

Kapitel 14

Det Götiska valvet glänste i solen och himlen var molnfri. Vätterns vatten var klarblått och det blåste en lätt bris ifrån öster. Fästningsmuren ringlade sig runt den svenska militärförläggningen i Karlsborg. Detta var hemmabasen för Jägarförband och Fallskärmsjägarna. Under flera år hade det också utvecklats speciella förband i Karlsborg.

Som kapten i Jägarbataljonen hade Jens Svensson många år i sitt förband men han hade även tjänstgjort hos fallskärmsjägarna. Om någon frågade så var han anställd på Jägarbataljonen men så var inte riktigt fallet. Det var sant att han syntes ibland jägarna och han hade den sedvanliga mörkgröna baskern med de tre gyllene kronorna fastbroderade. På sin uniform hade han jägarbågen på utsidan av axeln men också den gyllene örnen.

Men det hände något mer i Karlsborg, något som man inte fick tala om, något som var hemligt, det var hemligt för att skydda operatörerna.

Truppslaget var relativt nytt i Sverige och special-
förband av denna sort kallade inte sina män för
soldater utan för operatörer. De som blivit uttagna
var befäl ifrån försvaret men ibland kunde även
någon enstaka färdigutbildad värnpliktig ha kommit
med i rullarna men det hörde till undantagen. Detta
var ofta väldigt rutinerade män med flera år i förs-
varet. Jens hade tillhört specialförbandet i 10 år
sedan starten och de hade verkat i Asien och Afri-
ka. I Asien hade man jobbat i Afghanistan och i
Afrika hamnade truppen i Kongo. Till detta kom
speciella skyddsarbeten som livvakter och kontra-
terrorism även om dessa uppdrag inte hade varit så
påtagliga.

Jens gick längs skyttevallen och kände mobilte-
lefonen ringa.

- Ja det är Jens!

- Hej Jens. Det är Anders Johnsson. Det var
  ett tag sedan.

138

- Hej mannen! Hur är läget? Det var längese-
  dan nu. Var håller du hus?

- Jo tack. Jag har ju dragit mig tillbaks ifrån
  det militära nu för tiden.

- Jo det var ett tag sedan som du var med.
  Men du vet att du är välkommen när du vill.
  Så länge jag är med och bestämmer så är
  det inga problem.

- Underbart att höra, jag hade tänkt bli civilist
  och slippa skjuta på ett tag men det är ju
  nästan värre med tanke på vad jag har varit
  med om de senaste dygnen.

- Haha, jaså. Vad har du råkat ut för? En
  sådan stor kille kan väl ta vara på sig själv?

- Haha ja jag vet, det trodde jag med men nu
  har jag börjat tvivla. En kompis har råkat ut
  för kriminell verksamhet i form av droger
  och drogskulder.

- Jaså hur då?

- Han har blivit beroende och sniffade koka-
  in till en skuld för över 500 000kr. Säljarna

har tröttnat och vill ha sina pengar direkt.
De har skickat torpeder på honom och då
råkade jag bli inblandad. Jag var tvungen att
sänka två gorillor vilket väckt deras upp-
märksamhet. Vi är i Köpenhamn och den
danska maffian har fått nys om skulden och
vill driva in den. De vill ha mer, hela
700 000 och därför försöker vi komma över
till Sverige och reglera skulden där kompi-
sen har köpt knarket.

- Du vet att inte jag gillar kokain och droger,
det är ju helt nedsättande!

- Målet är att få in killen på drogbehandling
så att han blir av med beroendet. Vi vill inte
ta avstånd ifrån honom vilket hade varit det
enklaste. Jag är inblandad i detta nu och vill
försöka göra det bästa av situationen.

- Och hur kan jag hjälpa dig med detta?

- De har viftat med pistoler och tvekar inte
på att skjuta skarpt längre. De vill inte gå i
närstrid med oss för jag har redan skadat

två av deras killar. De har hotat oss, vi får
inte lämna Danmark innan skulden är regle-
rad med 700 000. Om vi gör det knäpper de
mina kompisar som ligger på sjukhus efter
överfallet. De har blivit knivskadade och
mår inte alls så bra. Själv fick jag
hjärnskakning efter en batong. Vi har ska-
pat en flykt plan. Att hyra båt och ta den
över sundet till Malmö. Men det kan bli
skjuta av, om de får tag på oss tvekar de in-
te att använda sig av vapen. Jag behöver
skjutvapen, helst en 9 mm Glock.

- Du vet att vi inte verkar mot civila och jag
kan ju inte ge dig vapen utanför Sverige.
Om det hade varit i Sverige hade du kanske
kunnat få ut vapen såvida det handlat om
nödvärnssituation. Du måste ju dock vara
aktiv i tjänst.

- Jag hävdar nödvärn men jag förstår att jag
inte kan få vapen utan att vara i tjänst.

- Då får du kolla via andra kanaler men det kan ju vara svårt att få ut något lagligt på så kort tid!

- Ja jag är ju med i pistolskytteklubben men de vapnen har jag hemma, här är jag helt naken! Vi har inte en chans. Vi försöker sticka imorgon, om det hettar till så kanske ni kan ge oss support?

- Jag kan ju inte verka mot civila och verkligen inte i Danmark!

- Vi tar den snabbaste båten och åker mot svenska sidan, om de vill stoppa oss så kanske de förföljer oss!? Om vi väl kommer till den svenska sidan vore det bra att få backup! Sedan har vi kontakt med polisens insatsstyrka i Malmö. Befälet där brukar man ju kunna tala med om militär backup i speciella terroristsituationer och detta verkar ju vara en grovt kriminell organisation med mycket vapen och resurser. Om du lägger in att det även kan handla om terrorism så är det möjligt att verka.

- Ja det skulle vara om man tar det på det sättet! Jag lovar inget men vi kan ju ha några frivilliga på pass. Men om jag känner dig så är du så omtyckt att det finns många frivilliga som vill hjälpa en knekt i nöd! Grabbarna är tuffa och de gillar strid!

- Ja finns det möjlighet så vore jag tacksam, vi har liksom kommit ihop oss med den danska polisen som inte har resurser eller vill stötta oss för att en kille har köpt kokain. De vill prioritera annat!

- Å tusan! Ja det var ju ingen rolig situation! Jag lovar inget och vi bryter inte mot några lagar men jag skall titta på det. Nu skall vi ha lite marsch och skjutövningar. Kul att du ringer till ditt gamla regemente när det blir kris i alla fall.

- Ja förlåt för att jag inte har hört av mig förut på ett tag. Det har inte blivit så. Men nu ringde jag i alla fall.

- Vi säger så! Jag kollar det du sa och ligger i beredskap imorgon. Hör av dig om det verkligen skulle hetta till igen.

Jens lade på luren och fortsatte gå längs fästningsmuren. Solen lyste och det gnistrade runt regementet, han andades den friska vätternluften och rynkade ögonbrynen. Skall vi slåss emot knarkkarteller också tänkte han. Ja inte mig emot i alla fall. Dags att göra lite förberedelser inför morgondagen.

Kapitel 15

Jag tog mig ner till hamnen i Köpenhamns centrala delar, jag visste inte om jag hamnat rätt utan gjorde mest en chansning. Att finna en hyrbåt här kanske inte var det lättaste. Efter att ha strosat runt hamnen ett tag så insåg jag hur lönlöst det var. Istället började jag surfa på mobilen under rubriken uthyrning av båtar. Det kom upp ett antal träffar och några av dem var centralt, efter att ha kollat ett par adresser på kartan som var inom gångavstånd började jag vandra. Efter 35 minuters gång hittades affären som hyrde ut.

- Hej! Läste att ni hade en båt till uthyrning här. Stämmer det?

- Ja det stämmer (Sa mannen på frisk Danska).

- Den ligger inte långt härifrån och har en Yamaha 150 hästars motor.

- Finns det någon möjlighet att ni kan hämta
  den på annan ort om det skulle vara så?

- Nej det brukar vi inte göra. Hur då menar
  du?

- Ja kan ni hämta den i Malmö?

- Det är inget som vi brukar göra men till rätt
  pris så kan jag tänka mig att hämta upp den.
  Men då får det ju bli tågbiljett till Malmö
  och taxi kostnader samt timdebitering på
  det!

- Kan du ge mig ett pris?

- Jag kan räkna på det, när vill ni hyra den?

- Nu med en gång och vi tänkte åka imorgon.
  Kan jag titta på den?

Tillsammans gick vi ut på baksidan av affären
och hoppade in i mannens bil samt körde en kort
bilväg till en hamn. Svaneknoppen var en stor
hamn med fritidsbåtar och det fanns 15 bryggor
fulla med flera hundra båtar i området.

Det var en vit motorbåt som var rätt stor med förarplats, fönsterruta och en liten hytt. Däcket var lagom stort och rymligt till hela gänget, uthyraren visade mig det väsentligaste med gas, start samt var man skulle tanka, det fanns extrabensin med i båten. Jag fick nyckeln och det var dags för en provtur. Efter åratal av träning så gjorde jag ingenting utan att träna före, nu gällde det att träna på motorbåten. Vi frigjorde båten, startade den och drog på rakt ut i hamnen, den accelererade och var snabb. Efter några manövrar och svängar i hamnen så var läget under kontroll och det var inte svårt att lista ut var bron till Sverige låg, det var bara att köra söderöver. Vi körde efter ett tag tillbaks till bryggan och lämnade båten vid kajen. Detta skulle gå vägen kändes det som och självförtroendet återvände. Det var med ett leende som jag gick tillbaks mot hotellet. Denna gång skulle vi lura den brottsorganisation som var ute efter oss.

Kapitel 16

Filip och Fredrik hade varit på sjukhuset och meddelat Bertil, Carl. Leo och Sigge att vi skulle smita allihop på samma gång med hjälp av båt imorgon.

De kom till hotellrummet där jag vilade efter promenaden ifrån hamnen.

- Hur tog de nyheten?

- Jo det gick bra! De tyckte att det var fruktansvärt dåligt av den danska polisen att inte avdela resurser för beskydd tills vi läm- nat Danmark.

- Ja vem tycker inte det! Det berodde ju på att Filip har köpt knark såklart. Eller finns det andra anledningar?

- Jag vet inte, (sa Fredrik).

- Men då är de redo att stick ur landet imor- gon då?

- Ja!

- Ok, vilket dags har de sagt?

- Det kan nog inte bli tidigare än klockan 8:00.

- Det var inte bra! Jag skulle helst vilja åka mitt i natten. Det kan ju hända att de har folk i personalen på sjukhuset också, det är inte alls ovanligt. De kan ha kontakter över-allt, även i polisen. Vi får väl ta det vid 8 ti-den på morgonen. Om vi tar två taxibilar så går det ju snabbt. Vad tror ni om det?

- Ja det låter bra.

- Ok skicka sms till allihop och be dem be-kräfta. Skriv att ta de skall ta på sig de var-maste kläderna för det kan bli kallt på sjön. Det tar ett tag att åka över och det vore inte bra om de frös för mycket.

- OK det skall bli (sa Fredrik).

- Taxi kan vi beställa redan nu. Det är lika bra så har vi det gjort. En hit till hotellet kl. 7:30 och sedan en till Frederiksbergs sjukhus huvudentré kl. 8:00.

- Ja, det fixar jag.

- Ok jag sätter klockan på 6 och så hinner vi
ta lite frukost. Vi får hoppas på att ingen
övervakar oss eller ser oss. Det har nog in-
gen betydelse om vi försöker smita ut
bakvägen för taxibilen syns ju ändå. Frågan
är hur de övervakar oss egentligen, de kan
ju inte ha våra GPS koordinater via mobilen
inte?

- Det kan jag väl aldrig tänka mig!

- Jag vet inte, men den finns ju att få tag på
om man har rätt befogenheter på telebola-
get. Det är ju bara att se på uppdrag grans-
kning på SVT och hur Telia har skött sina
affärer i diktaturer. Diktaturerna har ju koll
på sina oppositionsaktivister genom att an-
vända sig av Telias telefonnät, med rätt
känningar och mutpengar kan de säkert ha
koll på GPS positionen men det verkar
långsökt i ett land som Danmark. Vi frångår

den teorin. Vi har på mobilerna som van-
ligt.

Samtidigt så klingade det i mobilen, det var
Jenny som skickade ett sms och undrade hur det
gick för oss! Jag svarade att vi var på väg ut ifrån
Danmark snart och att jag saknade henne och
undrade vart hon var i Europa. Hon var i Barcelona
Spanien, vädret var underbart, medelhavet varmt,
dagens träning, 600 m krål. Jag blev avundsjuk och
svarade att jag gärna skulle vilja vara där.

Alla hade gått till sina hotellrum och det börja-
de mörkna utanför. Jag var påtagligt nervös inför
morgondagens resa. Undrade dock hur det var med
Sigge den stackarn, han hade säkert ont i käken och
fick äta soppa med sugrör. Det var inget roligt öde,
sedan hade vi Leo och Bertil som var knivskurna
fast de var på bättringsvägen. De hade inte blivit
svårt skadade och det var huvudsaken.

Jag låg på sängen och tittade i taket på hotell-
rummet, det var vitt och runt väggarna stod det två

garderober och lite hyllor. Det var inte det finaste hotellrummet inte men det dög bra. Jag kände och hörde mina andetag som var djupa och lugna. Huvudvärken hade gått över till stor del och armen kändes också bättre. Jag andades tungt och somnade in.

Kapitel 17

Det var något som ringde långt bort, jag orkade inte röra mig utan hörde signalen gång på gång upprepas. Snart hördes den mer och mer och jag var på hotellrummet helt slut i kroppen kändes det som. Jag lyssnade på signalen lite till innan jag strä-ckte ut armen och fick den stoppad. Var var jag och vad hade hänt? Sakta kom minnena tillbaks om Köpenhamn, Jenny, karaoke och vårt upp-trädande som gick så bra, torpederna, Filips kokai-ninköp, Danska maffian och den planerade flykten till Sverige. Det kändes inte verkligt men ändå var det så. Funderade på hur man kunde hamna i den-na situation? Jag vred på mig och vaknade sakta till och tog mig en dusch, borstade tänderna, satte på radion. Det var ingen brådska utan jag tog det lugnt, efter en halvtimme så packade jag ihop mina kläder och snart var jag klar för avfärd.

Dags att hämta de andra.

Efter att intagit frukost så väntade vi på taxibilen. Vi såg inga misstänkta personer som skulle kunna tillhöra det kriminella nätverket. Snart kom en taxibil och vi skyndade oss till bilen, packade in väskorna och åkte. Nu gick färden till huvudentrén på Frederiksbergs sjukhus där förhoppningsvis resten av grabbarna väntade!

- Det skall bli kul att se de andra (Sa jag).

- Ja, de såg skapliga ut igår (sa Fredrik).

- Vi är tidiga!

- Ja klockan är 7:45 och vi är snart där.

- Lika bra att vara i tid.

- Ja

Vi var snart framme vid huvudentrén och hittade den förbeställda taxibilen nummer två. Jag började bli nervös eftersom det kunde hända vad som helst. Klockan åtta kom Bertil, Sigge och Carl ut genom dörrarna och de såg rätt slitna ut, Bertil

154

haltade lite och Carl hade nackkrage, Sigge såg dämpad ut, alla hoppade in i taxi nummer två.

Hela gänget var nedstämt och stressat, vädret var mulet, fuktigt och lite kallt, vinden blåste ifrån öst och sjukhusbyggnaden såg grå ut. Taxibilarna drog iväg och det var skönt att det äntligen hände något. Jag längtade hem till min säng i Sverige och var trött på Köpenhamnsresan. Det bästa hade ju varit att tillbringat tiden nere i Barcelona och simmat i havet med Jenny, men drömma det kunde man ju göra.

-   Kör till Köpenhamns amatörsegelklubb, den ligger vid Svaneknoppen. Vet du vart det är?
-   Ja (sa taxichauffören).

Snart hade vi svängt ut på Nodre Fasanvej och körde denna norrut. Efter ett tag svängde vi in på Tudorvej, bägge taxibilarna körde snabbt genom staden österut. Jag kände inte igen mig men visste att vi åkte mot kusten. Jag och Fredrik tittade om vi var skuggade men märkte ingenting.

Snart kunde vi svänga in mot Svaneknoppen och jag kände igen hamnen där båten låg. Vi betalde till chauffören och sedan samlades vi som grupp. Jag var tvungen att krama om Bertil, Carl och Sigge. Det blev en väldigt kort hälsningsceremoni och alla var fokuserade på båtturen över sundet.

- Följ mig, båten ligger vid andra piren redan.

- Vad bra (sa Bertil). Ju snabbare vi kommer härifrån desto bättre.

- Ja efter allt vad som hänt så vill man ju inte ha något bråk igen.

- Nej verkligen inte, jag har ont i såret än, kan inte röra mig så bra och än mindre springa. Så blir det någon fight nu så är det kört.

- Ja vi är snart framme vid båten!

Hela gänget följde kajen ut till brygga nummer två. Vi var tvungna att passera en liten bro för att komma ut på själva bryggan. Längst ut till vänster låg båten förtöjd och jag kunde se den skymta. Jag kände modet komma och snart kunde vi lämna Köpenhamn bakom oss.

-   Det var en riktig sportbåt du har hyrt (sa Bertil).

-   Ja verkligen! En 150 hästars Yamaha där bak, borde väl ta oss till Malmö utan problem.

-   Ja! Det borde inte ta så lång tid.

Vi skyndade ombord på båten och började lossna förtöjningarna. Det var då jag såg en svart Mercedes svänga in på kajen och stanna vid vår brygga. Jag tittade och två män i kostymer gick ur bilen. Samtidigt som sista förtöjningen lossades small det till i båten bredvid och jag kände genast igen suset av en kula. Alla blev panikslagna, nästa skott ven i luften men träffade ingen.

- Kasta sista förankringen! Skrek jag och lade in backen.

Båten tog fart bakåt och vi kom iväg tio meter. Under tiden började männen springa ut på bryggan. Jag fick i växeln framåt och båten tog fart. Snabbt svängde jag bort ifrån kajen Ett nytt skott hördes och denna gång skrek Carl till och ramlade framåt. Jag drog fram gashandtaget och körde så fort jag kunde framåt samt svängde mot piren och havet. Ytterligare skott hördes. Det var inga knallar utan mer puffar, de hade ljuddämpare och ljudet uppmärksammades inte av omgivningen. Båten hade fått fart och passerade sista bryggan på sin färd mot havet, Jag tittade efter förföljarna men de hade försvunnit. Carl hade kommit upp på fötterna, men blivit träffad av en kula i vänster arm. Det blödde men var bara ett köttsår såvitt jag kunde se.

- Hur gick det Carl?

- Det gick bra men det blöder en del.

- Ok, kolla om det finns första hjälpen i hytten.

Efter ett tag kom Bertil upp med förband och de försökte få ordning på såret. Det verkade vara under kontroll och nu hade vi hela Svaneknoppen bakom oss! Vi hade girat styrbord och sedan starkt babord och befann oss mitt i hamnen. Till vänster om oss på land låg det en massa vita höghus med bostäder och till höger ett hamnområde med små båtvarv och arbetsbyggnader. Om 500 meter så var hamnen slut och hela Öresund låg framför oss. Det var bara Öresund mellan oss och Sverige.

Jag tittade bakåt och såg en båt komma med full fart ut ifrån Svaneknoppen, det var inget tvivel om att detta var förföljarna, vi måste ha hjälp. Vi ville inte bli fiskmat men det var tydligen det som höll på att hända. Den blonde stora torpedkillens hot satt kvar i skallen på mig, "fiskmat"! Jag sade till Fredrik att ta över ratten på båten, tog upp telefonen och slog numret till kapten Jens Svensson.

- Jens.

- Tjena det är Anders. Vi ligger illa till. Kan någon hjälpa oss. Vi har blivit beskjuta med minst 6 kulor och en person blev skottskadad. Vi befinner oss i en motorbåt med 150 hästkrafter på väg mot Malmö men vi har precis lämnat Köpenhamn.

- Vi har pratat med piketpolisen om en eventuell assistans och det gick bra så länge det var ett skarpt läge mot terrorism, men det får vi väl säga att detta är och ta smällen sen om inte det argumentet håller. Men vi kan inte göra något så länge ni är i Danmark.

- Jag vet jag håller på att jobba på det. Vi kommer att följa bron och eventuellt ta skydd av den om det går. Vi är förföljda av en stor motorbåt med kabin och ett högre däck, vår båt är mindre.

- Ok. Vi lade en övning här i Malmö med tanke på situationen och har bara en halvtimmes resa till bron. Vi flyger i en civil helikopter och vi larmar Piketen så får de ta bron. Vi har en halvtimme ut försök att hålla undan

- OK tack för hjälpen.

Båten krängde och svängde styrbord, vi hade hunnit ut ur hamnområdet och svängde i en lång kurva 90 grader utefter fastlandet. Fredrik körde och båten höll sin maximala fart, jag tittade bakåt och såg fortfarande den vita motorbåten. De låg långt efter men frågan var vilken båt som gick fortast? Jag gick till Carl och frågade hur det var med honom. Allt var bra sa han.

Filip hade inte sagt mycket och stämningen hade blivit rätt låg efter allt vi hade blivit utsatta för.

Nu var situationen som det var och det hade de accepterat. Ibland lyste dock känslorna igenom.

Båten slog genom vattnet och vi åkte söderut 100m ifrån land. Vi skulle snart passera det stora hamninloppet till Köpenhamn centrum och det var mycket båttrafik därifrån. Till styrbord långt bort närmade sig en stor passagerarfärja. Den gick rätt mot färdlinjen. Det måste vara den färjan som trafikerar Oslo och Köpenhamn. Jag visste att den gick ifrån hamnen och passerade här. Färjan tornade upp sig mer och mer fram för oss. Fredrik som körde insåg att det inte var någon bra ide att köra framför Passagerarfärjan utan väjde istället styrbord in mot hamnen. Det var inget stort avstånd mellan land och färjan. Sakta kom vi närmare denna jätte på havet. Färjan signalerade. Vi såg passagerare vinka ifrån färjan. Carl hade fått ett bandage på armen men mådde dåligt.

- Hur är det Sigge?

- Jo tack, bra efter omständigheterna. Men det kunde ju vara bättre. Har rätt ont i käken än så det blir ingen biff än på ett tag.

- Nä jag förstår. Kommer vi bara hem till Sverige så blir det nog bättre.

- Tror du att vi kommer undan den andra båten?

- Jag vet inte. Det verkar inte så. Vi får verkligen hoppas att de inte kommer ikapp.

Leo satt bredvid och sa.

- Det var allt bättre att sjunga karaoke och dansa med de spanska tjejerna än detta.

- Ja (sa jag och skrattade).

- Har du någon kontakt med Jenny?

- Ja hon är i Barcelona och simmar i medelhavet. Vissa har det bra!

- Jasså. Ja det var värst.

- Ja verkligen.

Båten krängde lite när Fredrik ändrade kurs. Snart hade färjan passerat med hela sin höjd. Med den kurs vi hade nu, skulle vi hamna i Köpenhamns hamn och det var inte dit vi skulle, utan söderut till Öresundsbron. Så fort vi hade skäligt avstånd till passagerarfärjan girade Fredrik babord och satte kurs söderut. Vi hade dock kommit en bra bit in i hamnen. Vi såg den danska fästningen tre kronor dyka upp till styrbord om oss. Bakom oss såg vi hur den förföljande båten mötte passagerarfärjan och var tvungen att väja in mot land. Som tur var hade de inte tagit in så mycket på oss utan vi höll avståndet rätt bra. Om inget annat skulle hända så kommer de aldrig ikapp. Öresundsbron skymtade i fjärran. Det var långt kvar men det gick snabbt framåt.

- Fredrik. Ta körriktning mot sundet mellan Saltholmen och Peberholmen, det måste vara den genaste vägen.

- Ja jag lägger kursen mer babord.

-   Det ser bättre ut.

Vi låg nu mitt emellan Saltholmen och Kastrup och båten bakom låg fortfarande på tryggt avstånd. Jag tittade in mot land och fick se två båtar komma ut ifrån en hamn vid Kastrup. Det var stora båtar och de hade snabbt kommit upp i hög hastighet. Jag slog Fredrik på armen och pekade åt honom.

-   Vad kan det där vara?

-   Jag vet inte, men jag kan inte öka mer. Hoppas inte att de är ute efter oss.

-   De två båtarna har ju kurs rakt mot oss. De verkar ta in, vi får se om ett tag.

Snart hade vi kommit in i sundet mellan Saltholmen och Peberholmen. Vi var rätt nära land och man kunde skymta motorvägen. Tyvärr hade de förföljande båtar närmat sig. Båtarna som tog upp jakten var snabbare och vi visste inte vad som skulle hända när de kom ikapp. Det var bara en tidsfråga. Kunde vi utnyttja bron till skydd?

Det skilde nu inte mer än 200 meter mellan de förföljande motorbåtarna, de hade större motorer och var helt enkelt snabbare. Jag spanade på de ankommande båtarna. Plötsligt öppnade sig en eldsflamma som jag kände igen. Det var mynningsflamman på ett automatvapen. Jag skrek

- Skydd!

Fredrik hukade sig bakom ratten och de andra grabbarna dök ner bakom relingen. Jag fortsatte att skrika

- de skjuter med automatvapen, håll er nere
 så gott det går.

Filip, Sigge, Bertil och Carl kastade sig ner mot golvet och jag såg ytterligare mynningsflammor. Denna gång slog kulorna ner i vattnet 25 meter bakom oss. De hade svårt att få in oss i siktet. Det gick lite vågor vilket vi var väldigt glada för. Annars hade det varit ute med oss. Kanske hade vi en chans ändå. Jag tog upp telefonen och ringde Jens Svensson i Specialgruppen.

- Jens

- Var är ni vi är under beskjutning igen. De ger ju sig inte.

- Ok vi är i en helikopter strax över hamnen i Malmö. Hur långt har ni kvar till Svenskt territorium?

- Ja vi är precis i början på bron nu och vi kommer säkert ta skydd av den för att klara oss.

- Ok. Ni måste ta er in på svenskt vatten så kommer vi att möta er där med insatts om vi ser att det behövs. Malmöpolisen är på bron också och de vet er status. Jag vet dock inte om de kommer åt att hjälpa er men håll er nära bron.

-   Uppfattat! Vi går snart in under bron. Vi är beskjutna av automatvapen. Det är nu tre förföljande båtar varav två är snabbare och större än vår och de har kommit i närkontakt. Den tredje ligger 500 meter bakom men är också troligen beväpnad.

-   Det är uppfattat, vi går upp på hög höjd för att se er. Vi hörs sen. Hej.

-   Hej.

En av de stora båtarna närmade sig och var bara 100 meter bort när en ny salva smattrade ner i vattnen babord om oss. Kommer de närmare kommer de att träffa.

-   Vi måste under bron Fredrik.

-   ja vi är snart där, det är bara ett par hundra meter kvar.

-   De närmar sig!

Snart började bron komma upp i höjd och vi hade bara ett par hundra meter kvar tills vi kunde gå under bron och väja för skotten.

Fredrik satte kursen och vi svängde in under bron som var mäktig. Vi kom snart över på den södra sidan av bron och de förföljande båtarna låg kvar på norra sidan. Vi passerade med jämna mellan rum de stora benen som höll uppe bron och som gav oss skydd. Ytterligare eldgivning ifrån en av båtarna. Den var rätt närma nu och jag tyckte mig höra kulor i luften men det var förmodligen bara inbillning för motorljudet var rätt högt. Plötsligt girade en av båtarna in mellan brobenen och kom över till vår sida. Jag räknade brobenen och det var säker ett 25 kvar till luckan i bron mellan länderna. Jag gissade på att där var gränsen och någonstans var Jens i helikoptern. Jag spanade i luften men såg ingen helikopter. De öppnade eld i båten närmast oss.

- Gira in till andra sidan de öppnar eld.

- Ja.

Fredrik girade in under bron igen och nu var vi utom skott håll i några sekunder. Båten följde dock efter och öppnade eld igen.

- Sväng tillbaka igen.

Vi körde slalom emellan flera broben och båtarna var efter hela tiden men de kunde inte öppna eld den tid som vi var skymda bakom benen. Denna manöver blev vår räddning ända tills den ena av de förföljande båtarna valde den södra sidan hela tiden. Då gick det också snabbare för den framåt och snart var den ikapp oss.

Vi hade bara ett par broben kvar nu sedan närmade sig den svenska gränsen och jag hoppades på hjälp för annars var det kört för oss. Något vi inte tänkt på var att farleden även gick under denna högsta punkt på bron och en stor färja passerade. Om vi kunde komma bakom den så hade vi lite skydd. Den ena båten var farligt nära och rätt som de var slog två kulor igenom plexiglaset en meter ifrån Fredrik. Det räckte med att en kula träffade rätt så var vi ur spel och nu var det farligt nära. Vi närmade oss nu mitten av farleden och ökade farten för att hinna framför färjan. Den var stor och gick sakta fram och vi passerade snart farligt nära fören på fartygen som signalerade på oss. De förföljande båtarna tvingades att runda i en lite större vinkel och det gynnade oss.

Vi passerade vad jag trodde var den svenska gränsen men jag visste inte. Det var bara en gissning. Var fanns Jens? Jag tittade framåt och kunde se en helikopter långt bort på rätt hög höjd flygandes mot vårt håll. Varför är han så långt bort. Det kan hända att gränsen är längre mot fastlandet.

-   Gränsen är längre mot fastlandet. Byt sida igen så vi kommer ur sikte
-   Ja jag girar.

Vår båt girade och vek snabbt in mellan brobe-
nen igen, förföljarbåtarna blev liggande på
nordsidan av bron men öppnade eld. Det var spo-
radisk eld ifrån den första båten men vi närmade
oss Sverige mer och mer. Båtarna svängde in till
sydsidan och eldgivningen fortsatte, vår båt träffa-
des och det splittrades glasfiber runt omkring.
Grabbarna höll sig ner mot båtens botten medan
jag tittade upp och konverserade med Fredrik som
var värst utsatt.

- Gira mot norr igen.
- Ja.

Fredrik svängde in båten mot norrsida och
denna gång såg jag helikoptern vara betydligt
närmare och inom skotthåll. På bron kunde jag se
blåljus blinka och då visste jag att det var den
svenska sidan och Malmöpolisen som var på väg.

Kapitel 18

Jens satt med kikare och öppen dörr och spanade ner mot båtarna som sporadiskt åkte under bron. Det var en märklig syn och lekfullt för den som inte visste att det var dödligt allvar. Jens kunde i kikaren se förstabåten gira upp mot norra sidan av Öresundsbron och förstod att detta var Anders och hans sällskap. Han satte fokus på båten och kunde urskilja den gamla vännen ifrån SSG. Han kände igen Anders direkt och fixerade blicken på den förföljande båten. Direkt såg han mynningsflamman ifrån båten och gav order till Löjtnant Tore Hansson att öppna verkanseld på första förföljarbåten. Tore satt redo framför prickskyttegevär (PSG) 90. Helikoptern hovrade på 150 meters höjd och avståndet till målet var ungefär 500 meter. Helikopterljudet var karaktäriskt och sidodörren var öppnad. Både Jens och Tore var fastspända i livlinor ifall helikoptern skulle börja kränga. De var ungefär 300 meter norr om bron. De hade kontakt med piketpolisen och Jens bad om eldtillstånd eftersom båtarna öppnade sporadisk eldgivning. Piketen gav klartecken och prickskytten Tore vilade med vapnet i famnen. Till hans hjälp hade han ett avancerat stöd med dämpning i så att vapnet höll sig stilla även när helikoptern hovrade. Detta var ett bra hjälpmedel för att få bättre träffbild. Förstoringen på kikarsiktet var 10 ggr och kalibern var 7.62 Nato ammunition. Det var prickskyttegevär 90 som var vanligt i den svenska armen. Tore kramade av avtryckaren, målet var i båten långt därnere. Det var väldigt svårt att fixera föraren för båten studsade och hoppade. Tore höll någonstans mitt i och kramade avtryckaren sakta. Ett skott small och inget hände, nästa skott likadant, ett tredje skott och inget hände.

- Sikta på motorn (sa Jens).

- Uppfattat.

Ytterligare fyra skott avlossades i snabb följd och ingen reaktion ifrån båtarna nedanför. Skotten måste ha missat och träffat runt omkring istället.

- Det händer ju ingenting (sa Jens). Byt vapen och ta AS 50 istället!
- Får vi det då? Polisen gillar ju inte grov kaliber.
- Det händer ju inget vi måste stoppa dem. Det får vi ta sedan. Vi kör med 12,7 kaliber.

Jens skrek till piloten att gå ner längre mot ytan med helikoptern och avståndet till havsytan blev 80 meter innan piloten stannade upp helikoptern. Båtarna närmade sig helikoptern och inge tycktes tänka på att de fanns där i luften. Distansen mellan första båten och helikoptern var nu bara 300 meter.

Tore säkrade PSG 90 och la den på golvet samtidigt som han tog tag i den intill liggande brittiska AS50. AS50 innehöll ett magasin med tio

skott i form av 12,7 mm kaliber och 99 mm längd.
Den var producerad 2006 och var halvautomatisk
med 5 avlossade skott på 1,3 sekund. Kulorna an-
vändes för prickskytte men också mot vissa former
av material som man ville slå igenom.

-   Sikta mot motorn på den första båten (sa
    Jens).

Tore siktade mitt i motorn och öppnade eld
med halv automat, han höll siktet väldigt lågt för
han visste att rekylen skulle gå uppåt. Tre skott gick
iväg, nytt sikte och två skott till. Detta gjorde susen
och den först båten saktade ner och tappade fart
totalt

-   Ta andra båten med (skrek Jens).
-   Uppfattat.

Tore tog ett nytt sikte och visste att det fanns
bara fem skott kvar i magasinet. I kikarsiktet såg

han nästa förföljarbåt ta upp jakten och bedömde avståndet till 250 meter. Han siktade på motorn igen och sköt två skott. 12,7 mm kalibern small mycket högre än 7,62 skotten. Hela helikoptern fylldes av ljudbangen. Ingenting hände och en ny bedömning av avståndet till 200 meter för nästa skott gjordes. Skotten avlossades med en sekunds mellanrum, fem skott efter att hela tiden tagit nytt sikte på motorerna. Farten ändrades inte men motorbåten hade tydligen upptäckt helikopterelden och gjorde en snabb gir till styrbord i en rund 180 graders cirkel. Detta tog en stund och Tore hann byta magasin.

- Vänta, de flyr. Nej de skjuter emot oss i flykten! Ge dem en salva till.

Tore tog nytt stöd igen och siktade denna gång hade han tio nya skott i magasinet. Han siktade mot mynningsflammorna i båten och sköt ett skott i sekunden, Han såg i kikarsiktet hur en av personerna i båten föll ner. Tore visste att den som träffades av 12,7 mm ammunition inte hade stor chans att överleva. Tore siktade åter på motorn och hade den klart i sikte. Ytterligare tre välriktade skott gjorde så att motorkåpan fläktes upp och båten saktade fart och stannade upp.

-    Bra skjutet.

Skrek Jens och gjorde ett litet jublande.

-    De har gett upp. Då låter vi polisbåten
     plocka upp dem. Gå ner med helikoptern
     till Anders båt.

Kapitel 19

Äntligen fick vi hjälp och det var i sista sekunden. Kulnedslagen hade närmat sig och båten var full av kulhål. Helikoptern öppnade till slut eld mot de förföljande båtarna. Efter ett tag gav det resultat och en båt hade stoppat och den andra vänt.

Det var stor glädje på vår båt och grabbarna jublade. Nu flög helikoptern över oss och följde oss in till hamnen vilket kändes tryggt. Den sista båten hade för länge sedan gett upp jakten och vänt tillbaka till Köpenhamn. Äntligen var vi hemma i Sverige igen och det kändes mycket skönt.

Till slut kom vi in till Fritidsbåthamnen där Malmö segelsällskap hade sitt tillhåll. Hamnen låg ungefär 2 km norr om Öresundsbron och vi kunde lägga till båten. Det var ett skadat och skärrat gäng som tog sig upp på land. Alla hade sina skador men det var ingen som visade något i denna stund.

Längre bort hade helikoptern hittat en ledig plats på marken där den kunde gå ner för landning.

Sakta sänkte den sig ner med de två operatörerna hängandes i den öppna sidodörren. Det var en vanlig civil helikopter men med en av armens helikopterförare.

-   Det skall verkligen bli roligt att se de som räddat oss "sa Bertil". Är det dina kompisar det där? Jag visste inte att du hade varit med i försvaret så aktivt. Jag trodde att du hade gjort lumpen som alla andra. Men detta var något helt annat.
-   Ja det är lite skillnad i aktivitetsnivå.
-   Ok nu kommer de och skottsäkra västar har de på sig och skyddsglasögon.
-   Ja det är mycket säkerhetstänk.

Helikopterns rotor hade slutat snurra och Jens och Tore hoppade ur helikoptern beväpnade med pistolhölster och AK5C. Det var en mäktig syn att se dem med alla vapen vilka vi i denna situation var tacksamma för.

- Hej Anders!

- Hej Jens!

- Hur gick det för er? Ni fick ta en hel del
  eld?

- Ja vi hade tur. Ni kom i sista sekunden för
  det var ett under att vi inte blev träffade.

- Ja jag förstod det och försökte att hjälpa er
  så fort som möjligt. Hur känns det? Är ni
  skadade? Är det någon som blivit träffad?

- Ja Carl fick ta en kula i axeln men den ver-
  kar bara ha rispat.

- Skall vi ta en titt på det? Vi har med oss en
  hel del sjukvårdsutrustning.

- Ja det är nog lika bra.

Jag och Jens kramade hastigt om varandra, vi
hade inte sett varandra på länge och då hade vi
utfört ett hemligt uppdrag i främmande land vilket
verkligen svetsar samman operatörerna i en grupp,
och ju hårdare tag det är desto starkare samman-

hållning. När vi såg varandra blev vi påminda om att ibland hänger livet på kompisen som står bredvid, i verkligheten hade vi någon enstaka gång varit nära att stryka med.

Jens småpratade med gänget som var mäkta imponerade, glada och tacksamma över att vi levde. Ryktet gick att troligen en person i de danska båtarna blivit allvarligt skadad om inte dödad.

Gruppen var märkbart lättad samtidigt som man kunde känna rädslan under jakten som hade pågått. Detta lämnade ingen oberörd, att vara ett sittande byte utan att kunna göra någonting utan att mer eller mindre bara vänta på död eller svåra skador, sätter sina spår hos personerna som råkar ut för det.

Sakta lade sig känslorna och de överbelastade psykena började lugna ner, dock var det ingen som någonsin skulle glömma de senaste dagarnas händelser.

Bertil pratade med Tore och frågade hur livet var som operatör och till svar fick han en del svepande uppgifter, men också en hel del sanning. Dock avslöjade han inte några fakta om själva förbandet inte.

Bertil fick svar på sina frågor om vilken taktik man hade i gisslan situationer. Bertil hade säkert kunnat fråga på i all evighet men Malmöpiketen hade till slut hittat rätt hamn och var nu på plats. Ut kom välutrustade poliser med kpistar som var helt oanvändbara i en situation som denna vilket talade för att det var helt rätt att inkalla Specialförbandet för att lösa situationen. Men operationen kunde säkert få en rejäl uppläxning på grund av att det inte förelåg någon form av terroristhot i detta fall.

Det var ju endast då som även specialutbildad militär kunde användas. Att använda sig av prickskyttar var en relativt ny förseelse bland piketstyrkan och till en början var det bara piketen i Stockholm som fick använda sig av tungt beväpnade prickskyttar. I denna gren var ju dock Specialförbandet högt kvalificerade med sin utbildning.

Ett förhör hölls av piketens befäl med tre av medlemmarna i gänget nämligen Leo, Sigge och Bertil. Det varade relativ lång stund och under tiden fick Carl sin arm omskött av ambulanspersonal som kommit till platsen.

Under förhöret så var medlemmarna i gänget rejält uttröttade och svarade undvikande på frågorna. Det var ett kollektivt förhör och den allmänna bilden som förmedlades var att gruppen hade blivit osams med männen och att detta hade eskalerat. Många frågor handlade om en eventuell terroristbild hade förekommit och det kunde gruppen avfärda med att detta inte hade uppfattats på det viset. Svaren var vaga men räckte till att fylla i en polisrapport.

Efter förhöret samlades vi, Fredrik, Carl, Bertil, Leo, Sigge, Filip och jag. Vi konstaterade att Carl inte behövde någon mer sjukvård, och att vi kunde resa hem. Händelserna hade varit psykiskt tröttande. Skyndade vi oss kunde vi hinna med sista tåget hem.

Operatörerna i Specialförbandet Jens och Tore hade för längesedan flugit iväg med helikoptern och det skulle komma en civil polisbuss och skjutsa oss in i samhället, gruppen var eniga, det var snabbaste tåget hem som gällde.

Kapitel 20

Efter att vi fått skjuts av polisen in till Malmö hade vi klarat oss själva och nu satt hela gruppen inkurade på tåget mot Göteborg. Alla var trötta och uppgivna, men samtidigt lättade över att det äntligen var över. Det kändes skönt att gruppen var samlad igen. Det kunde nu pratas om det som var och en hade upplevt som mest jobbigt, en liten form av terapi.

På Göteborgs station kramade alla om varandra och lovade att höra av sig till varandra snart igen. Carl och Bertil var nu på hemmaplan medan jag skulle till Vänersborg, Fredrik till Lidköping och Filip, Sigge, Leo skulle med tåget till Örebro. Vi vandrade åt olika håll men snart skulle de flesta i gänget kunna vara i sitt hem igen.

Kapitel 21

Örebro två månader senare

Det hade gått två månader sedan Filip gått av tåget på järnvägsstationen i Örebro. Det första han tänkte var på att bli av med skulden till säljaren. Säljaren var för Filip en kille som åkte i en lite lyxigare bil men uppförde sig vanligt folk. Filip hade aldrig känt sig hotad av vare sig honom eller någon i hans omgivning. Direkt när Filip hade kommit hem ifrån Danmark hade han stämt möte med säljaren som han kände rätt bra. Tankarna hade vandrat i huvudet på honom och det tog en dag innan han kunde träffa honom. Denna tid hade varit nerverande och han hade funderat på vad som hänt, vilka säljaren hade kontaktat och om det förelåg ett hot på Filip även i Sverige. Skulle han kontakta Anders som verkade ha koll på det där med vapen och självförsvar, han hade ju legat i självvaste Specialgruppen och ett bättre skydd kunde man ju inte få. Efter ett tags tvekande så fattade han beslutet att agera själv i detta. Risken fanns att han skulle kunna bli mördad och slängd i en grav någonstans där ingen saknade honom men det hoppades han inte på.

Efter ett dygns väntan hade han fått träffa sin kontakt och förklarat att han med alla medel nu skulle betala tillbaks skulden för det kokain som han hade köpt. Det fanns bara ett hinder och det var att han var tvungen att ta ett lån på banken för att få fram så mycket pengar. Säljaren hade granskat honom och meddelat att Filip skulle få fjorton dagar på sig att föra över pengarna. Säljaren gav honom fem konton i olika banker. Pengarna skulle så småningom föras utomlands. Filip hade nervöst tagit till sig instruktionerna och sedan handlat omedelbart genom att kontakta sin bank, ta lån på huset, och att aktivt argumentera för att det hus som han nu hade behövde renoveras och byggas ut.

Med huset som insats beviljades lånet. Filip förde pengar vidare till olika konton. När detta väl var genomfört så kontaktade han säljaren en gång

188

till för att kontrollera att denne hade fått pengarna och var nöjd. Efter ytterligare två dagar av nervös väntan så kom svaret att skulden var reglerad på 500 000 vilket var en stor sten som föll ifrån Filips axlar. Han hade inte bara varit oaktsam om sitt liv utan hade även riskerat sina nya vänner liv vilka han nu hade att tacka för en hel del, med tanke på vad de råkat ut för i Köpenhamn. Han utgick ifrån att skulden som nu var reglerad innebar att de torpeder som hade överfallit dem i Köpenhamn inte var intresserade längre.

Det andra som han hade gjort efter hemkomsten ifrån Köpenhamn var att ringa till Örebro Kommuns alkohol och droglinje. Filip hade då fått boka en tid hos en kurator.

Under samtalet med kuratorn öppnade Filip sig och berättade ärligt hur mycket av drogen han intog och hur länge samt vilka pengar han spenderat på detta. Filip undanhöll dock alla händelser ifrån Danmarkepisoden, lite ville han ha för sig själv. Detta samtal ledde till ytterligare bokade möten två veckor senare med öppenvården och deras kurator, denne presenterade en genomförandeplan som var anpassad individuellt efter Filips behov. Det handlade om kontinuerliga enskilda samtal, gruppbehandlingar, kurs i återfalls prevention, psykoterapi och en herrklubb. Filip hade inget att förlora utan var tacksam och glad för den hjälp han fick.

Bokningar gjordes och han var nu uppe i sitt fjärde samtal med kurator. Vid olika tillfällen hade han gnällt över den press som blev och erbjöds då akupunktur som stöd vilket var bra. Under denna period hade han ringt och bett både Sigge och Leo om hjälp och de hade passat honom i skift när nöden var som värst. Även Anders hade åkt ifrån Vänersborg för att hjälpa honom.

Till slut hade den jobbigaste perioden lagt sig och nu hade han kommit på benen rätt bra efter två månaders behandling och slit. Ifrån jobbet hade han under en längre period sjukskrivit sig och även där var han tvungen att bekänna sitt problem. De hade kopplat bort honom ifrån de nuvarande arbetsuppgifterna men inte gett honom sparken, utan krävt att om han bara behandlade sig skulle anställningen vara kvar. Detta hade Filip tagit hårt och han hade insett att utan jobbet och lönen så skulle livet bli mycket jobbigare, han våndades och visste att referenser till ett nytt jobb skulle vara svårt att ge och vem skulle anställa en missbrukare, inte någon. Paniken spred sig och då hade han vänt sig till gänget och ringt ner dem med frågeställningar och oro. De hade inte alltid svar på frågorna men de kunde lyssna. Som tur var så hade gänget inte brutit kontakten med honom utan höll fortfarande kontakt. Det fanns all anledning för gänget som inte hade känt honom så länge att ta avstånd efter allt det som hänt. Tvärtom hade kontakterna ökat och Filip kände sig som en av gänget trots allt vilket han var tacksam för.

Filip strosade genom Örebro centrum och passerade krämaren ut mot Drottninggatan ända bort till stortorget. På stortorget stod det stora blomkrukor som var en meter höga och en meter i diameter med gröna växter i och efter sidorna stod det en massa cyklar uppradade. Filip fortsatte över hela stortorget till Kungsgatan där han gick tills han såg vattnet, där tog Engelbrektsgatan över samt Kanalvägen. Efter att ha gått på Kanalvägen så kom han fram till början av den vackra och gröna stadsparken som var så fin på sommaren med utomhusscener, växtlighet och lekplatser. Här stannade han framför ett träd, i detta träd var det sågat olika kännemärken för just Örebro. Filip tittade på avbildningar av Svampen och Krämaren som var utsågade i trädet. Han tog ett djupt andetag och begrundade de sista månaderna, tankar om livet, hälsan och relationer for fram i huvudet, han kände sig vara till ro med sig själv och började trivas med sitt nya liv. Sakta fortsatte han igenom stadsparken.

Kapitel 22

Vänersborg två månader senare

Jag gick genom Edsgatan i staden Vänersborg, förbi gamla fängelset och framför den gamla biografen, därefter vek jag ner mot Hamngatan för att komma till kanalen, tittade på fontänen som sprutade vatten och fortsatte promenaden utefter kanalen. Här fanns restaurang Koppargrillen och nya café utefter kanalen vilket passade in och gjorde det lättare för stadens invånare att njuta av Vänerns inlopp. Jag passerade Residenset på min högra sida för gå vidare över Fisketorget. Säga vad man vill men Vänersborg var en vacker stad och det blev man påmind om när man såg hamnen med alla båtarna och bryggorna samt vågbrytarna som effektivt skärmade av hamninloppet. Detta var punkten där Göta Älv tog över efter vårt största innanhav Vänern och strömmen färdades härifrån ända till Göteborg.

Till sist kom jag till den välbekanta Fridastatyn som var ett minne ifrån Vänersborgs stolthet Birger Sjöberg. Birger som hade förälskat sig i Frida i sin ungdoms dagar skrev på senare tid en stor samling texter och visor om just Frida. Jag begrundade statyn och fortsatte sedan ut till Jacobön över den blåvita bron och där satte jag mig på en gul bänk medan jag tittade mot Hallebergs branter som avlöstes av Vänern.

Mina funderingar gick till Jenny och den hemliga resan som gänget tagit med mig på. Den hade varit omtumlande efter allt som hänt men till slut hade det ju löst sig på bästa sätt med både Filip och resten av gruppen. Det bästa var ändå att jag hade träffat Jenny och att vi hade tät kontakt med varandra, vid det senaste samtalet hade vi kommit överrens om att jag skulle åka ner och hälsa på henne i Barcelona. Det skulle verkligen bli skönt att få komma ner till värmen. Under tiden så skulle jag njuta av det fina vädret och den blå sjön framför mig och hoppas på nya äventyr.   Slut

Citat ifrån Försvarsmaktens webbsida

"Verksamhet vid Försvarsmaktens specialförband, oavsett om det handlar om utbildning, övning eller insatser, är i huvudsak hemlig. Det gäller också personalens identiteter, viss material, detaljer i organisationen och annat som kan ge information om förbandets förmåga.

Specialförbandens uppgifter ligger normalt utanför konventionella förbands räckvidd och förmåga. De är lätt utrustade och rörliga och uppträder i regel i små grupper. Sekretess runt organisation, metoder, taktik och utrustning blir därmed en mycket viktig del i personalens skydd"